KB103145

퇴근 후 글쓰기

퇴근 후 글쓰기

발 행 | 2021년 1월 25일
저 자 | 장윤영
펴낸이 | 한건희
펴낸곳 | 주식회사 부크크
출판사등록 | 2014.07.15(제2014-16호)
주 소 | 서울특별시 금천구 가산디지털1로 119 SK트윈타워 A동 305호
전 화 | 1670-8316
이메일 | info@bookk.co.kr
ISBN | 979-11-372-3185-6

www.bookk.co.kr

퇴근 후 글쓰기

장윤영 지음

CONTENT

제3화 공적인 글쓰기

제4화 글쓰기 수업 운영이야기

프롤로그

내 인생의 수호천사 글쓰기 친구

과거를 돌아본다. 어린 시절 유난히 책을 사랑했다. 혼자 놀 때도 도서관 놀이로 시간을 보냈다. 용돈을 받으면 쓰지 않고 아껴두었다가 책을 샀다. 책을 사면 십진분류법과 유사한 나만의 도서분류법에 따라 라벨링을 하면서 관리했다. 나만의 도서관을 가지는 게 꿈이었다. 범생이였던 나는 학교에서 내주는 숙제를 착실히 했는데, 그중에서 일기 쓰기 과제를 가장 좋아했다. 그림일기 숙제부터 시작한 일기 쓰기는 습관이 되어 지금까지도 유지하고 있다.

매일 밤 생생한 꿈을 꾸었다. 바다의 모래사장이 괴물처럼 일어나서 내 이름을 부른다거나, 건물 사이를 날아다니는 등 상상을 초월하는 꿈을 많이 꾸어서 그 소재가 아까웠다. 언제가 꿈을 소재로 소설을 쓸 수 있지 않을까 생각한 적도 있는데 초등학교 때는 꿈을 만화로 그려 친구들에게 돈을 받고 빌려주기까지 했다. 어린 나이에 어떻게 돈을 받을 생각을 했는지 이해되지 않지만, 이미 초등학교 때 만화 구독 모델을 실천한 셈이다. 그런 차원에서 나는 이미 작가였는지도 모르겠다. 학창 시절에는 나름 시와 글이 수록된 문집을 제작하면서 문학소녀를 꿈꿨다. 학교 도서관에 있는 책을 대출해서 읽는 게 취미였다. 영시 모임 동아리에 가입해서 시화전에 참여했던 기억도 난다. 가장 부러웠던 친구가 학보사에서 글 쓰는 친구였을 만큼 책과 글쓰기에 관심이 많았다.

직장을 다니면서도 근처 도서관을 섭렵했다. 도서관에 진열된 책을 다 빌려 읽는 게 꿈이었다. 한때는 짧은 글로 사람의 마음을 유혹하는 카피라이터가 되고 싶었다. 확신은 없었지만, 스스로 글을 잘 쓰는 사람이라 착각한 것 같다. 쉴 새 없이 각종 글쓰기 이벤트에 응모했다. 이름 공모, 동서문학상 응모, 간단한 글쓰기 이벤트 참여, 사내 소식지 글 응모뿐 아니라 구본형 변화경영연구원까지 지원했다. 당시 자기소개를 A4용지로 10장을 쓰는 까다로운 과제 심사까지 통과한 기억도 난다. 그 과제가 글쓰기의 시발점이었는지도 모른다.

호시탐탐 글쓰기는 나의 선택을 기다렸다. 하지만 나는 알아보지 못했다. 조금씩 미약하게 이런저런 시도로 방황했을 뿐이다. 책을 좋아했으니 막연하게 죽기 전에 책 한 권은 쓰고 싶다는 생각만 했을 뿐 구체적으로 글쓰기를 시작하지는 않았다. 본격적으로 글쓰기를 할 만한 실력이 없다는 생각도 들었다. 아니 꿈도 꾸지 않았다.

블로그도 작성했다. 아이의 성장 과정을 사진과 함께 관리하던 친구의 블로그를 보고 부러운 마음이 들었다. 아이가 커서 블로그의 기록을 보면 좋겠다 싶어서 네이버 블로그를 시작했다. 글보다는 사진이 많았지만, 아이들의 성장하는 모습을 남겨서 좋았다. 아이가 초등학생이 되었을 때 아이들 친구가 내 블로그의 이웃이 되어 댓글까지 남기는 특이한 경험을 하기도 했다. 아이들이 청소년이 되면서 초상권을 존중하는 차원에서 비공개로 전환하고 블로그에서 손을 뗐다.

한때 영어학원 다니며 배운 영어도 정리하고 에피소드도 쓸 겸 "영어학원에서 있었던 일" 메일진을 인포 메일에서 발행하기도 했다. 인포 메일은 2000년 초에 유행한 플랫폼이다. 몇 안 되는 구독자를 보유했지만 몇 차례 발행하다가 흐지부지 접었다. 대학원을 다니며 논문 두 권을 완성했다. 보통은 통계 결과를 사용하는 양적 연구를 하지만 난 인터뷰를 포함하는 질적 연구를 혼용했다. 정 안되면 죽기 전에 내 이름으로 쓴 논문이 두 권은 있으니 책을 냈다고 주장해

보려는 심보였다. 하지만 논문은 책이 아니다.

영어 강사와 1:1 회화 수업에 참여하며 그가 가진 영어 콘텐츠가 탐났다. 한국에 오래 거주한 그는 한국인이 자주 하는 실수를 정리한 콘텐츠를 보유했다. 그 자료와 함께 수업한 내용을 스토리 텔링 방식으로 써서 책을 내고 싶었다. 그와 공저를 약속하고 20여 곳의 출판사에 투고했다. 길벗 출판사와 연결되었지만 고객 수준을 맞추고 마케팅 조사를 하다 보니 내가 원한 방식이 아닌 영어 기본서로 변질되었다. 서로 마음이 동하지 않아 중단했다.

'역시 나는 책을 쓸 능력이 안 되는 사람인가?'라고 판단하고 좌절했다. 다시 일상으로 돌아와 일에 파묻혔다. 그러던 중 이직 과정에서 2주 동안 여유가 생겼다. 꿀 같은 2주의 시간을 어떻게 보낼지 고민했다. 블로그를 다시 시작할까 생각도 했으나 아이들 글이 많았던 터라 블로그가 아닌 다른 곳에서 글을 쓰고 싶었다. 검색 도중 처음으로 브런치라는 사이트를 알게 되었다. 검증된 작가만 글을 쓴다는 점이 매력적으로 다가왔다. 브런치 작가에 도전할 글 3개를 2주 동안 써놓고 망설였다. 부끄럽기도 하고 과연 통과할 수 있을까 두렵기도 했다. 제출하지 못한 채 묵혔다.

그로부터 5개월이 지난 후 문득 써놓은 글이 생각나서 다시 읽어보았다. 나름 괜찮았다. 용기를 내어 브런치 작가에 도전했다. 그렇게 글쓰기를 시작했다. 이후 구독자가 늘면서 글쓰기에 재미를 느껴 여러 종류의 매거진을 발행했다. 브런치 발행을 지속하다 보니 글감이 계속 생활에서 나왔다. 글이 쓰고 싶어 미칠 지경이 되어 버렸다. 덕분에 운 좋게 그렇게도 원하던 출간작가도 되었다.

볼프 에를브루흐의 그림책 《내가 함께 있을게》에서 죽음이라는 수호천사는 늘 오리 곁에서 돌보는데 오리가 알아채지 못한다. 글쓰기는 수호천사처럼 평생 나의 선택을 기다리고 있었다. 두려움과 자신 없다는 핑계로 나는 수호천사를 제대로 알아보지 못했다. 그 친구를 2주라는 인생의 여유시간에 발견했다. 이 책이 여러분에게 수호천사로 다가가 글쓰기의 즐거움을 함께 누리면 좋겠다.

"두려워하지 말고 여러분의 꿈에 손을 내밀어 보세요. 평생 따라다니며 선택을 기다리는 여러분의 수호천사, 꿈에게"

제1화

방황이야기

일기는 나의 힘

얼마 전 퇴사하던 인턴 직원이 나에게 질문을 던졌다.

"앞으로 커리어를 정하는 데 있어서 가장 중요한 게 뭘까요?"

"자기 자신을 잘 아는 것 즉, 자기 이해죠."

"어떻게 하면 저를 잘 알 수 있을까요? 어떻게 자신을 잘 아셨어요?"

"여러 가지 방법이 있겠지만, 가장 추천하고 싶은 방법은 일기를 쓰는 거죠."

갑작스러운 질문이었지만 나는 망설임 없이 대답했다. 어떻게 일기가 자신을 이해하는 데 도움이 될까?

대학 시절 나는 내가 누구인지 궁금했다. '진정한 나'를 찾겠다는 마음으로 심리검사 연구소에 잔뜩 기대를 안고 찾아갔다. 겉으로는 성실하지만, 집에서는 가끔 게으르고 나태한 내 모습에 겉과 속이 다른 사람이라고 죄책감을 느꼈기 때문이다. '내가 생각하는 나'와 '겉으로 드러나는 나'가 다르다는 생각도 했다. 나는 심리검사라는 게 병원에서 엑스레이 찍듯이 스캔하여 심리상태를 진단해 주는 것으로 알았다. 하지만 스스로 설문조사에 답하는 방식이어서 실망이 컸다. 내가 나를 모르는 데 '설문조사로 나온 나'가 과연 내 모습일지 신뢰가 가지 않았다.

당시 심리 상담사는 나의 고민에 이렇게 답했다.

"모든 사람이 다 그렇게 겉과 속이 다르게 사니까 고민할 필요가 없어요. 어떤 검사도 완벽하게 사람의 내면을 읽어 주지는 않습니다. 진단을 통해 나온 결과를 보면서 스스로 찾는 수밖에 없어요."

그렇다. 스스로 찾아야 한다. 《데미안》에서 싱클레어가 친구 크나우어에게 한 말처럼 그 누구도 도와주지 않는다. 스스로 생각하고, 찾아내야 한다. 그 이후로 '나는 어떤 사람인가?'에 대한 질문을 늘 품고, 스스로를 이해하려고 노력하며 살았다. 나는 그 누구보다 내가 무엇을 좋아하는지, 무엇을 싫어하는지, 어떤 강점이 있는지, 어떤 약점이 있는지 잘 안다. 물론 아직도 내가 몰랐던 나를 발견하고 가끔 놀랄 때도 있긴 하다. 그러면 나는 어떻게 스스로 찾았을까?

인턴 직원에게 말한 것처럼 일기의 힘이다. 초등학생 때 그림일기에서 시작하여 지금까지 일기를 쓰고 있다. 고민과 생각의 크기만큼 일기가 남아있다. 마음이 정리되지 않거나 선택을 해야 하는 상황에 일기를 썼다. 글로 마음 상태를 쓰다 보면, 정리되고, 객관화되었다. 하지만 더 좋은 방법은 다시 읽는 것이다. 자기가 쓴 일기를 다시 읽어 본 적이 있을까? 그 어떤 에세이나 소설보다 더 흥미진진하다.

일기장에 기록하던 것을 2000년부터는 MS 워드에 저장하기 시작했다. 몇 번의 이사로 손으로 쓴 일기는 찾을 수 없는데 다행히 워드 일기는 아직도 보관하고 있다. 2000년에 워드로 쓰면서 월 단위로 파일을 만들었다. 1월.doc부터 12월.doc의 12개의 파일이 있다. 약 2006년까지 7년 치의 일기를 월 단위로 보관했다. 7년 치를 월 단위로 보관하니 다시 볼 때 파일이 너무 커서 그 이후에는 년 단위(2018.doc)로 저장한다. 월초가 되면 일기를 쓰기 전에 해당 월 파일을 열며 과거 그달에 내가 무슨 생각을 하고, 어떤 고민을 했는지 읽어보고, 지나간 시절을 회상했다. 그러면서 과거의 나를 이해했다. 혹은 마음이 불안하고 내가 어떤 사람인지 궁금할 때는 기록된 일기를 모두 읽으며 이런 생각을 했다.

'맞아, 난 옛날에도 나에게 긍정적인 응원을 많이 했구나.'

'그래 난 새로운 것을 배우고 아는 걸 좋아했지. 지금도

참 좋아. 그러고 싶어.'

'난 역시 전략적인 사고가 부족해.'

'내가 나서서 사람들 챙겨주는 건 참 잘했는데.'

'예나 지금이나 난 참 거절도 못 하고, 바보 같아.'

'예전엔 참 고민도 많았는데 지금 난 그때보다 많이 성장했구나.'

'과거 기록 속의 나'와 '현재의 나'를 비교하며 나를 재확인하고 알아나갔다. 분명 '기억 속의 나'와 '기록 속의 나'는 달랐다. 일기를 여러 번 읽으며 많이 생각하니 다른 누구보다 나를 잘 알게 되었다. 자신에 대해 알면 좋은 점이 많다. 자신의 강점을 활용하고 좋아하는 일을 하면 더 결과를 빨리 얻을 수 있다. 같은 시간을 사용하더라도 강점이 있으면 더 빨리, 더 잘할 수 있고, 좋아하면 즐기면서 일을 할 수 있기 때문이다. 가능한 한 약점이 있거나 싫어하는 일은 사전에 피할 수 있다. 굳이 스트레스받으며 억지로 일할 필요가 없으니 삶이 즐거워진다.

《긍정심리학 코칭기술》에서 로버트 디너(Robert B. Diener)는 강점은 돛단배고 약점은 돛단배에 난 구멍이라고 말한다. 구멍을 그대로 두면 배가 가라앉을 것이므로 막아야 한다. 하지만 구멍을 막는다고 해서 배가 앞으로 나아가는 것은 아니다. 배가 가라앉지 않게 잘 막으면서, 순풍에 돛 단 것처럼 앞으로 나갈 수 있게 관리해줘야 하지 않을까? 자신을 제대로 안다는 것은 약점을 막고 강점에 집중한다는 의미다. 나는 시간이 오래 걸리긴 했지만 일기의 힘으로 나를 더 잘 알게 되었고, 내가 좋아하고 잘하는 일을 찾았다.. 그리고 내 강점을 더욱 살리려고 노력한다. 어떤가? 일기를 써보고 싶지 않은가?

인턴 직원에게 말하지 못한 팁인데 일기가 부담스러우면 간단한 메모로 자신만의 기록을 시작해 보는 것도 좋다. 자신이 무언가를 잘하고 있거나 즐기는 순간 혹은 잘못하고 있거나 하기 싫은 순간을 기록해 보는 거다. 시간이 지나면 망각하기 때문에 그런 순간이 느껴질 때 바로 작성해 보라. 그러한 기록을 모으고 다시 또 확인하고 수정해 나가면 자신이 어떤 사람인지 좀 더 구체적으로 알 수 있다. 한 달만 신경 써서 기록해보면 자기 이해가 조금이라도 깊어질 것이다. 지금 이 글을 읽으며 느낀 자신에 대한 생각을 적으며 시작해보면 어떨까?

이벤트로 글도 쓰고 부상도 받자

일기로 단련되어서였을까? 작가는 아니지만 글쓰기는 좀 한다고 생각했다. 지금 생각하면 인정받고 싶은 욕구가 컸던 것 같다. 2003년부터 2008년까지 꾸준히 각종 글쓰기 이벤트에 응모했다. 2003년에는 아이들이 초등학교 가기 전이라 주로 육아와 관련된 글로 이벤트에 응모했다. 2008년 이후론 내 분수를 알았는지 이벤트 응모보다는 글을 써보려고 노력한 흔적이 남았다.

2003년 K은행에 '내가 꿈꾸는 아이의 미래직업'이라는 내용의 글을 보자.

"아들과 딸의 엄마로서 두 아이 모두 성별을 떠나 죽을 때까지 써먹을 수 있는 재능을 발견하고 키워주고 싶습니다. 저는 IT분야에서 12년 넘게 일하고 있지만 '정말 적성에 맞아서 즐거워서 일하느냐, 그리고 남들보다 뛰어난 재능이 있어 언제라도 프리를 선언하고도 먹고 살 수 있는가?'라는 질문을 받는다면 자신 있게 대답할 수 없습니다. 그래서 우리 아이들만큼은 정말 즐거워서 남이 가르쳐 주지 않아도 주도적으로 개척하고 발견하고 발전해 나갈 수 있고, 프리로 선언하더라도 자신 있고 당당하게 할 수 있는 일을 가졌으면 합니다. 그런 분야가 주로 스포츠나 예술 분야라고 생각합니다."

이때 아들은 스포츠 분야 딸은 예술 분야를 염두하고 한 말 같다. 아들은 여전히 운동을 좋아하고 딸은 취미로 그림을 그린다.

카드사에 응모한 글 역시 아이들 옷을 사며 생긴 환불 관련 에피소드다.

"아등바등 살지 않고 아름답게 남을 배려하면서 살겠다고 결심하면서 행동은 그렇지 않으니 참 한심하다는 생각이 든다. 하지만 이번 일을 계기로 물건을 살 때도 신중하게 사고 되도록, 환불해서 생업에 종사하시는 분의 마음을 상하게 하는 일은 하지 않게 해야겠다고 다짐해본다."

본격적으로 글을 쓴 것은 아니지만, 일기 같은 나의 이벤트 응모 글은 아이들과 관련 있다. 글은 삶을 반영한다. 당시 내가 겪은 경험과 사고가 글에 녹아 있다. 이벤트 응모라는 짧은 글일지라도.

제대로 글을 써 본 적도 배운 적도 없는 내가 무슨 용기가 있었는지 2004년에는 동서 문학상에 응모했다. 때로는 무모한 도전으로 학습의 기회가 생기는 걸까? 분명 동서 문학상에 응모한 적이 있다. 내가 가지고 있는 글이 과연 응모 글이란 말인가?

"신입사원 시절 아침 일찍 출근하여 아무도 없는 빈 사무실에 상쾌한 아침 공기를 쐬며 자리에 앉아 마시는 커피 한 잔, 그 한 잔이 나의 하루를 지탱하는 힘이었다. 점심식사 후 마시는 커피 한 잔은 식곤증을 물리치는 비결이었다.

나는 커피를 하루 3잔 이상 못 마신다. 커피를 하루에 3잔만 마시면 그 날밤은 잠을 못 잔다. 그래서 너무나 좋아하는 커피이지만 너무나 자제가 필요한 기호식품이다. 커피를 마시기 위해 아침밥을 먹고 점심밥을 먹는다. 간혹 '커피가 이 세상에 없었다면 어떻게 살았을까?', '커피를 만든 사람이 누굴까?' 라는 생각도 하고, 정말 그분한테 너무 감사드리고 싶은 마음이 많다. 이렇듯 좋아하는 커피고 계속 마시고 싶지만 몸이 받아주질 못하니 안타깝기 그지없다. 가장 부러운 사람이 하루에 커피를 10잔 이상 마시는 사람이다.

한때 미국에 일주일간 출장을 간 적이 있는데 인스턴트 커피에 익숙한 나는 원두커피 5-6잔의 카페인이 믹스 커피

한 잔에 못 미치는 것을 알았다. 그 일주일 동안 한국 믹스 커피를 얼마나 그리워했는지....

나의 커피 사랑은 어린 시절 크림 없는 달달한 블랙커피에서 시작했다. 어른들이 못 마시게 하니 더 마시고 싶었고 고등학교에 가서야 본격적으로 마실 수 있었다. 고등학교, 대학교 시절을 자판기 커피에 의존하고 사회생활을 하면서는 커피믹스에 의존하고 지금까지 하루 2잔의 습관은 여전하다.

아직까지 직장생활을 하는 나는 아침에 회사에 와서 마시는 커피 한 잔으로 아침을 열고 점심식사 후 마시는 커피 한 잔으로 오후를 연다. 나의 연인 커피.... 커피는 내 인생의 영원한 동반자이리라."

지금도 커피사랑은 여전하다. 여전히 커피를 만든 분께 감사한 마음을 가진다. 다만 이제는 믹스 커피가 아닌 핸드드립으로 내린 원두커피를 더 좋아한다. 믹스 커피는 일 년에 한 잔 마실까 말까다. 물론 이런 글도 동서 문학상에 지원했다는 건 수치다. 하지만 20년이 다 되어가도 내 마음은 바뀌지 않았다. 글감은 여전히 동일하다. 커피 사랑을 주제로 다시 정성 들여 글을 써서 동서 문학상에 재도전해볼까 보다.

본격적으로 글쓰기를 시작하기 전에라도 다양한 시도를 해보자. 나의 응모 이벤트는 각 기업에서 진행하는 이벤트뿐 아니라 출판사 전속 서평단 참여로 연결되었다. 지금 읽으면 부끄럽기 그지없는 서평으로 가득하다. 하지만 그런 시행착오와 방황이 지금의 나를 만들지 않았을까?

서평단 참여로 책을 무료로 받든 이벤트 참여로 부상을 받든 글쓰기에는 동기부여가 된다. 내가 받은 가장 큰 부상은 아들을 6박 7일간 일본 문화체험을 보낸 것이다. 너무 신나서 공항에 데려다주다 속도위반 딱지를 받아 벌금 5만 원 나간 게 그 비용이었다. 물질적인 보상이 조금이라도 생기다 보니 글쓰기가 즐거워졌고, 알 수 없는 자신감이 조금씩 생겼다. 그러니 안 될 거라 포기하지 말고 일단 도전해보자. 아니면 더 실력을 닦으면 되고, 준비하는 과정에서 글쓰기 실력은 나도 모르는 새 늘어난다.

구본형 변화경영연구소 연구원을 지원하다

10년 전 나는 글쓰기 모임을 탐색했다. '내가 그랬나?' 싶을 정도로 기억이 가물가물하다. 하지만 가지고 있는 문서가 증명해준다. 글쓰기 관련이라는 10년 묵은 폴더에는 다양한 글쓰기 모임 글로 가득하고 저장 일자가 2010년, 2011년이다. 그중 하나가 '구본형 변화경영연구소 연구원 7기 모집 공고'다.

- 선발인원: 5-10명 내외
- 제출 시기: 2011년 1월 31일까지 20페이지 이상의 개인사를 제출할 것

개인사를 20페이지나 어떻게 쓸까 싶지만, 페이지별로 어떤 내용을 채워야 하는지 자세하게 안내했다. 구본형 씨의 책을 읽었고 그의 삶이 부러웠다. 연구원을 마치면 책을 낸다는 점에서나 평소 읽지 않은 책을 읽고 과제는 내야 하는

커리큘럼도 마음에 들었다. 이때 처음으로 나를 돌아봤고, 20페이지의 개인사를 썼다. 1차 관문은 통과했으나 그 이후 세 권의 책을 읽고 과제를 제출하는 2차 관문에서 탈락했다. 아랫글은 20페이지 개인사 과제 중 제일 마지막 페이지에 들어간 '변화경영연구소를 알게 된 계기와 연구원에 응시한 이유와 기대에 대하여 자세히 쓸 것 (1페이지)'의 내용이다.

구본형 작가의 《익숙한 것과의 결별》을 읽고 큰 충격을 받았다. 책 내용이 너무 좋아서 한국IBM에 다니는 선배에게 구본형 씨가 어떤 사람인지 묻기도 했다. 선배는 "그 밥맛"이라고 두 단어로 일축했지만 난 선배의 말을 믿지 않았다. 책이 대답해 준다고 생각했다. 이후 발간된 《낯선 곳에서의 아침》에서도 인사이트를 얻었고 구본형 작가는 늘 내 관심 속에 있었다. 그 관심의 영역 속에 변화경영연구소가 들어왔다. 몇 년 전에 알게 되었고 언젠가는 연구원에 응시하리라 마음먹었다. 그 당시는 회사 일과 학업 등 여러 가지 병행해야 할 일이 많았다.

대학원 석사는 작년에 취득했고, 회사 업무는 어느 정도 안정이 되었고, 아이들의 교육을 위해 곤지암에서 서울로 이사 왔다. 지난 2010년 한 해는 이사를 위해 집을 알아보고, 세를 얻어 필요한 물품을 사고 세팅하는 데 시간을 다 보냈다. 이제 모든 것이 안정되었고 나에게 여유 시간이 생겼다.

올해 나의 목표는 W&C다 Writer와 Coach가 되는 것이다. 개인적인 목표로 작가가 되는 것과 가족을 위한 목표로 아이들에게 답을 가르쳐주는 사람이 아닌 조언하고 길을 안내하는 코치가 되는 것이다.

긴 방황 속에서 '내가 정말 하고 싶은 게 무엇인가?'에 대한 대답은 작가가 되는 것이다. 올해 이렇게 시간이 될 때 어떻게 해서든 나 자신을 연마할 것이다. 작가가 되기 위한 방법은 여러 가지다. 학위취득의 방법으로 대학교 문예창작학과에 편입하거나, 사이버대학의 디지털 문예창작학과에 편입할 수도 있다. 사이버대학원의 미디어 문예창작학과 석사를 입학할 수도 있다.

학위취득이 목적이 아니라면 평생대학원의 문예창작전문가과정을 수강할 수도 있고 기타 글쓰기 강좌에 등록하여 글 쓰는 법 혹은 작가가 되는 법을 배우는 방법도 있다. 혹은 글쓰기 책을 독학하여 베껴쓰기로 스스로 익힐 수도 있다. 아니면 내 재능이 너무 뛰어나서 다듬어지지 않은 채로 더 좋은 글이 나올 수 있다는 착각을 하기도 한다.

다양한 선택이 있음에도 불구하고 변화경영연구소의 연구원을 지원하는 이유는 일단 지도자의 성품 혹은 자세 때문이다. 글쓰기를 배우더라도 인품을 지니고 내가 존경할 수 있는 사람에게 배우고 싶다. 그리고 혼자보다는 공동의 목적을 가진 사람과 함께 즐기고 싶기 때문이기도 하다.

한 가지 더 좋은 점은 연구원 종료 후 반드시 2년 이내에 책을 출간해야 한다는 조건이다. 물론 나의 의지로도 가능하겠지만 이런 강제조항이 나의 의지를 더욱 굳건히 할 것이다. 몇 년을 기다려왔고, 그 기회가 왔기에 이번에 지원하게 되었다. 많이 부족하지만 열심히 해보고 싶다. 사실 20페이지 이상의 개인사를 쓰는 것도 나에게 벅차다. 중간에 포기할까 생각도 했다. 하지만 완벽한 개인사를 써서 제출하지 못하더라도, 설사 제출하였는데 연구원이 되지 못하더라도, 내 개인사를 이렇게 오래 생각하고 공을 들여 작성하는 기회를 가진 것만으로도 감사하다. 내가 발견하지 못했던 나 자신을 돌아보는 기회였다. 개인사를 쓰며 나의 부족한 점을 알게 되어 감사하다.

그럼에도 불구하고 연구원이 된다면 올 한해는 Writer로서 기반을 다지는 연구원이 되고자 한다. 나의 목표를 향해 열심히 달려가는데 변화경영연구소가 날개를 달아줄 것으로 기대한다.

나의 개인사를 10년이 지나 다시 읽으며 나는 소스라치게 놀랐다. 지난 10년 동안 무슨 일이 있었던 걸까? 분명 10년 전 난 Writer와 Coach가 되는 목표를 가졌다. 코치는 자연스럽게 되었다. 아이들을 위한 코치뿐 아니라 대중을 위한 코치가 되었다. 하지만 작가의 꿈은 분명 잊고 살았다. 연구원 탈락으로 꿈을 포기했을까? 일에 집중하는 삶을 살아서 꿈을 잊었을까? 육아에 정신이 없었을까?

늦게나마 제자리에 돌아왔다. 나는 2011년의 목표였던 W&C가 되었다. 어쩌면 나도 몰랐던 시작점이 20페이지 개인사가 아니었을까? 여러분도 시간을 내어 개인사를 써보면 어떨까? 연구원 지원의 목적이 아닌, 작가의 꿈을 위한 시작점으로 말이다.

참고: 20페이지 개인사 안내문

1) 나는 누구인가 ? - 나의 언어로 쓴 1페이지의 개인사 요약 (일목요연하되, 창의적 방법으로 자신을 규정할 것)

2) 19페이지 이상의 개인사

개인사에 반드시 포함되어야 할 사항

* 출생과 탄생에 대한 일화를 기술할 것 (예를 들면 태몽, 어머니가 기억하는 자신의 탄생 이야기 등을 쓸 것, 혹은 자신이 기억하는 가장 최초의 이야기를 쓸 것: 1페이지)

* 그동안의 개인적 삶에서 자신의 힘으로 이룩한 가장 빛나는 성취 3가지를 구체적으로 사례를 들어 기술할 것 (3페이지 이상)

* 본인에게 책임이 있다고 여기는 가장 가슴 아픈 장면 1가지를 구체적으로 사례를 들어 기술할 것 (1페이지 이상)

* 상대적으로 우수한 재능/기질 3가지에 대하여 각각 구체적인 사례를 들어 자세히 기술할 것 (3페이지 이상, MBTI, strength finder, 애니어그램 등 도구를 통한 유형 설명은 1/2 페이지 이상 쓰지 말 것)

* 본인이 가지고 있는 기질적 단점 1가지에 대하여 구체적 사례를 들어 자세히 기술하고, 이를 극복하기 위해 어떤 훈련을 하였는지 기술할 것 (1페이지 이상)

* 자신의 가치관과 직업관에 대하여 기술하되 다음의 질문에 대하여 분명하게 답할 것

- 자신의 가치관과 직업관을 각각 10줄 이내로 명료하게 정의할 것

- 일하는 동안 자신의 가치관이나 직업관에 위배되는 일을 해야 할 때 어떻게 행동했는지 구체적 사례를 들어 기술할 것 (만일 실제로 그런 일을 강요받거나 요구받은 일이 없다면, 그런 상황을 가정하여 자신의 예상 행동을 기술할 것: 1페이지)

* 자신의 작가관에 대하여 기술할 것 (1페이지 이상)

- 연구원 1년 과정을 수료하고 어떤 종류의 책을 쓰고 싶은지 반드시 기술할 것

- 특히 시장이 바라는 것과 자신이 세상에 하고 싶은 이야기 사이에 괴리가 있을 경우 어떻게 할 것인지에 대하여 구체적 이유를 들어 기술할 것

* 자신의 취미와 특기에 대하여 구체적으로 기술하고 연구원 활동을 하는 동안 이를 통해 팀에게 어떤 기쁨과 부가가치를 줄 수 있는지 기술할 것 (1페이지 이상)

* 팀 활동을 할 때, 특히 자신이 다른 사람들보다 더 많이 기여하고 있으며, 힘들게 노력하고 있다고 여겨질 때, 어떻게 행동할 것인지 구체적으로 기술할 것. 반대로 팀활동을 할 때, 자신이 기여하는 바가 적다고 여겨질 때, 어떻게 행

동할 것인지 자세히 기술할 것 (1페이지)

* 사람과의 관계에 대하여 특히 중요하게 생각하는 점 2가지를 구체적인 자신의 사례를 들어 기술할 것 (1페이지)

3) 기타

* 가장 감명 깊이 읽었던 책 한 권에 대한 요약과 왜 이 책을 최고의 책으로 선택하게 되었는지 설명할 것 (1페이지)

* 자신의 인생에 가장 중요한 롤 모델이 되었던 한 사람 혹은 앞으로 모델로 삼고 싶은 한 사람에 대한 기술 (1페이지)

* 연구원 활동, 창조 놀이 등 팀 활동을 할 때, 팀의 단결과 화합을 위해서 가장 중요하게 생각하는 점 3가지와 절대로 해서는 안 되는 한 가지를 쓸 것. 아울러 본인이 팀에 공헌할 수 있는 물질적/육체적 기여 내용을 구체적으로 기술할 것 (예, 늘 포도주를 한 병 가져오겠다. 장소를 제공하겠다. 커피를 끓이겠다. 서기를 하겠다 자동차를 가져오겠다. 노래를 늘 불러 주겠다 등: 1페이지)

* 변화경영연구소를 알게 된 계기와 연구원에 응시한 이유와 기대에 대하여 자세히 쓸 것 (1페이지)

제2화

글쓰기 모임 참여하기

글쓰기 수업에서 내가 얻은 것

10주간 글쓰기 수업 참여라는 대장정이 끝났다. 별로 기대하지 않은 수업인데 나에게 큰 변곡점이 되었다. '온라인으로 글쓰기 수업이 가능할까?' 반신반의로 참여한 모임은 시간이 갈수록 진화했다. 처음엔 라인(line)이 아닌 온라인 커뮤니케이션 툴(zoom) 무료 버전을 사용했다. 하지만 40분 무료사용이라는 시간제한 때문에 중간에 나갔다가 다시 들어왔다. 수업 시간에 모두가 낭독 하니 시간이 부족해서 방법을 바꾸었다. 수업을 진행한 선생님도 첫 수업이라 시행착오가 있었다.

차수가 지나가면서 점점 더 수업은 안정을 찾았고, 낭독을 녹음해서 올리면 다른 사람이 미리 듣고 합평하여 시간도 절약했다. 부끄럽지만 글쓰기 수업을 하기 전까지는 내가 작성한 글을 소리 내어 읽어보지 않았다. 녹음하려고 소리 내어 읽었고, 읽으면서 자연스럽지 않은 부분은 다시 수정했다. 그렇게 여러 번 읽고 녹음하고, 녹음한 내용을 들으며 수정하니 글이 점점 매끄러워졌다. 덕분에 지금은 습관이 되어 글을 발행하기 전에 몇 번은 꼭 소리 내어 읽어본다. 퇴고에 필수적이다.

녹음한 글을 들으면서 내 목소리가 듣기 좋다고 느꼈다. 한때 영어 공부 차원에서 영어로 녹음하고, 녹음한 것을 들으면서 부족한 부분을 확인한 적은 있지만, 우리말을 녹음하고 내 목소리를 듣기는 처음이다. 영어 녹음을 처음 들었을 때 내 목소리는 정말 충격적이고 싫었는데 시간이 갈수록 점점 익숙해졌다. 그래서인지 우리말 녹음은 내가 들어도 좋다. 덕분에 유튜버의 길에도 접어들었다.

합평하려면 상대의 글을 읽어야 했다. 글쓰기를 잘하려면 글을 많이 쓰고 피드백을 받는 것도 중요하지만 그것만큼 중요한 게 다른 사람의 글을 많이 읽는 것이다. 다른 사람들의 글을 읽으면서 자신의 글을 반추하고 그런 과정에서 자신도 모르게 실력이 향상한다. 브런치를 처음 시작했을 때 아무 생각 없이 무작정 썼다. 하지만 다른 브런치 작가들의 글을 보면서 내 글은 많이 바뀌었고, 글쓰기 모임으로 또 한 단계 올라섰다. 지금은 초기 글을 보기가 두렵고 부끄럽다. 언젠가 시간이 되면 몽땅 수정하고 싶다. 책을 많이 읽어 다양한 사고를 하는 것도 중요하지만, 온라인 글쓰기 작가라면 다른 온라인 작가의 글을 많이 읽을 필요가 있다.

온라인 글쓰기 수업 선생님은 첨삭 피드백을 제공했다. 각 개인의 부족한 글을 여러 번 읽고 피드백을 제공했다. 대단한 노력과 헌신이다. 큰 도움이 되었고 그런 노력에 부응하려고 오답 노트를 만들었다. 매번 동일한 실수를 하고, 동일한 피드백을 받는 것은 서로에게 시간 낭비다. 9회를 다 마친 후에야 자주 하는 실수를 멈출 수 있었다.

관념적이 아닌 구체적으로 써야 한다.

수동태나 번역체가 아닌 능동적이고 분명하게 표현을 해야 한다.

주로 회사에서 업무용 글을 쓰니 '~를 통해, ~를 위해, ~할 수 있는' 등의 표현이 많다.

지금은 반복적으로 사용하는 불필요한 단어를 별도로 메모하여 포스트잇에 적어 붙어 두고 퇴고에 참고한다.

글쓰기 수업에서 이런 디테일한 표현에 대한 첨삭도 좋았지만, 궁극적으로는 '어떤 글을 쓸 것인가?'에 대한 고민의 시간이었다. 처음에는 나의 단점을 보완하는 글쓰기가 맞을지 아니면 나의 장점을 더 부각하는 글쓰기가 맞을지 잘 몰랐다. 점점 내가 어떤 글쓰기를 좋아하는지, 어떤 강점이 있는지 깨닫게 되었다. 문우들의 조언과 선생님의 의견 덕분이다.

무엇보다 가장 좋았던 것 한 가지만 꼽으라면 공통의 관심사를 가진 글쓰기 친구를 얻게 된 점이다. 10주 동안 같이 과제를 하고, 공유하고, 합평하며 우리는 서로 잘 알게 되었다. 아무리 숨기려 해도 글에서 그 사람의 가치관과 사고가 드러난다. 그게 수필이든, 소설이든, 시든 혹은 주제가 달라도 자신의 고유한 색깔에서 벗어나지 못한다. 수업이 끝나기까지 실제 만나지 못했지만 우리는 이미 오랜 친구였다.

이 글은 첫 10주 과정 글쓰기 수업을 마친 후 쓴 글이다. 이 이후로 심화 과정을 네 번 더 참여했다. 글쓰기 수업을 직접 운영하면서도 다른 글쓰기 수업에 참여하는 이유가 있다. 다양한 시각을 배우고 새로운 방식의 글을 쓰기 위해서다. 다른 사람에게 코칭을 제공하는 코치는 자신의 성장을 위해 별도로 코칭을 받는다. 글쓰기도 마찬가지다. 독자에게 직접 피드백을 받지 못하니 글쓰기 수업에서 문우들의 피드백을 받는다. 나는 오늘도 성장한다.

독립출판을 경험한 작가에게서 배우는 글쓰기

난 꿈이 있다. 죽기 전에 내 이름이 새겨진 책을 내는 것. 이 꿈은 20대부터 시작되었다. 어릴 때부터 시작한 독서습관은 성인이 되어서도 지속됐고, 책을 좋아한 만큼 나 역시 작가가 되고 싶었다. 막연한 꿈이 30년을 헤매다 이제야 겨우 첫발을 디디려는 역사적인 순간이다. '꿈은 이루어진다'며 주변 사람의 축복을 받는다. 30년 걸린 출간이 과연 축복받을 일일까?

얼마 전 북 토크에 다녀왔다. 사서로 일한 경험을 책으로 구성하여 독립 출판한 저자가 발표했다. 사서라는 직업에 관심이 있었고 독립출판도 궁금했다. 저자가 29세라 놀랐다. 3~4년 근무하고 퇴사하기 한 달 전부터 책을 준비했단다. 애초에 출판사 투고가 성공적이지 않을 거라 생각하고 독립출판을 결심했다고 한다. 텀블벅 펀딩으로 인쇄비는 건졌다니 성공적이다.

30년 동안 자신감을 운운하며 미적거린 세월이 부끄러웠다. 책을 내고 싶으면 내면 된다. 너무나 간단하지 않은가? 원고를 쓴다. 출판사 사업자등록을 내고 신고한다. 책을 인쇄한다. 홍보하고 판매한다. 이렇게 마음만 먹으면 되는 일을 난 왜 주저했을까? 책은 반드시 기존 출판사를 통해 내야 한다는 고정관념 때문일까? 겉으로는 책을 내고 싶다고 말하면서 행동하지 않았다. 인정하고 싶지 않지만 그만큼 절실하지 않았다는 의미다.

시대가 바뀌었다. 프로 작가가 오래된 경험과 노하우를 책으로 내기도 하지만, 아마추어 작가는 반짝거리는 아이디어로 발랄하게 책을 내기도 한다. 출판사 계약으로 작가로 데뷔하기도 하지만, 내가 스스로 출판사 사장이 되기도 한다. 게임에서 이기지 못할 것 같으면 법칙을 바꾸면 된다. 어떻게든 원하는 꿈을 이룰 수 있다. 20대에 가볍게 시작해보고, 또 시간이 지나면 다른 방식으로 도전해 보자. 30년 동안 칼을 갈아 한 번 휘두르는 것보다 20대에 시작해서 여러 번 사용해 보고 나만의 칼을 다듬어나가는 게 성공 가능성이 더 높지 않을까?

책을 내는 게 꿈인가? 지금 당신은 무엇을 하고 있는가?

김정선 작가에게서 배우는 글쓰기

《내 문장이 그렇게 이상한가요?》를 읽으면서도, 작가님 섭외와 안내를 위해 메일을 주고받으면서도, 작가님을 다소곳한 여성의 모습으로 상상했다. 남성이 오셔서 본인이 김정선 작가라고 말하는데 멘붕이 왔다. 마치 책 속의 주인공이 함인주 작가가 남성인 줄 알았는데 여성이 나와서 깜짝 놀란 순간과 같지 않을까? 물론 그 여성은 작가의 아내였지만.

글쓰기 참고서 같은 《내 문장이 그렇게 이상한가요?》는 문장 다듬는 방법을 자세하게 설명하기에 김정선 작가님의 특강이 어떨지 궁금했다. 작가님은 화이트보드만 사용해서 2시간 내내 기대 이상의 열정적인 강의를 전달했다. 때로는 디지털보다 아날로그가 통한다. 강의도 그렇지 않을까? 작가님은 20명도 넘는 사람에게 정보와 성찰 그리고 웃음까지 안겨주었다. 특강에서 작가님이 전달한 핵심적인 주장 네 가지는 다음과 같다.

첫째, 지금은 글을 써야 하는 시대다.

사람들이 보편적으로 잘하고 싶어서 고민하는 경우는 잘하면 이득을 보기 때문이다. 예전에는 글을 잘 써서 얻는 이득이 그다지 없었다. 하지만 지금은 글을 쓰면 이득을 보는 시대다. 이 현상이 언제까지 지속될지는 알 수 없다. 미래에 "인간이 직접 쓴 글"이라는 띠지를 두른 책이 나올지도 모를 정도도 AI 글쓰기는 발전하고 있다. 그러므로 지금 써야 한다.

둘째, 우리는 글쓰기를 배운 적이 없으니 어려운 게 당연하다.

모국어라는 개념은 환상이다. 어린 아기부터 말하기는 고통 속에 배웠지만 글쓰기를 제대로 배운 적이 없다. 어려운 게 당연하니 자책할 필요가 없다. 말하기와 글쓰기는 자연스러운 행위가 아니다. 인간 만이 하는 인위적이고 작위적인 질서를 부여하는 행위이므로 기술을 익히지 않으면 불가능하다. 수영을 배우지 않고 물에 뛰어드는 것과 같다.

글쓰기가 어려운 이유는 나만의 감정을 모두에게 통용되게 써야 하기 때문이다. 글은 누구에게도 할 수 없는 말을, 아무에게도 보여주지 않을 글을, 모두에게 하는 이야기다. 결국 번역이다. 글은 자아의 표현인데 개성 없는 글이 많다. 글쓰기 스킬로만 봤을 때는 AI보다 못 쓸 수도 있다. 자신만의 글을 쓸 것인가 아니면 스킬이 뛰어난 글을 쓸 것인가는 여러분의 선택에 달렸다.

셋째, 말과 글은 표현에 차이가 있다.

글은 영상처럼 한 번에 상황을 묘사할 수 없다. 공간을 차지하는 회화나 조각 같은 조형예술이 아니다. 왼쪽에서 오른쪽, 위에서 아래로 써나가는 시간이 있다. 오히려 음악에 가깝다. 글을 쓸 때 독자의 시간을 고려해야 한다. 시간을 멈추어 쓰려고 하니 독자가 지루해한다. 작가는 시간을 재편집해야 한다.

신기하게도 우리는 말은 길게 하면서 글은 짧고 분명하게 쓰라고 주장한다. 말과 글이 불일치하는 시대에 살고 있다. 이 현상이 언제까지 갈지 알 수 없다.

넷째, 작가라면 큰 그림을 그려라.

맞춤법을 틀린다고 해서 교양 수준이 떨어지는 게 아니다. 맞춤법은 계속 바뀐다. 한국어, 한글은 같은 단어라도 활용이 다른 경우가 있어서, 잔고장이 많은 고가의 음악 아기와 같다. 늘 AS가 필요하다. 국립국어원에서 표준어를 정비하여 발표하는 이유다. 세계 문학 전집을 새로 개정해서 발행하는 이유도 한국어, 한글이 계속 바뀌기 때문이다. 그러므로 나무에 집중하기보다는 숲을 봐야 한다. 체계와 맥락을 잡는 게 중요하다. 《책 쓰자면 맞춤법》을 소설처럼 읽고 큰 그림을 그려라. 예문이 재미있어 쉽게 읽힌다. 큰 그림을 그려서 글을 쓰고 각론에 부딪히면 검색해서 맞춤법을 확인하고 고치면 된다.

나를 찾아가는 글쓰기 수업을 하면서도 내면을 끌어내어 자신을 찾아가는 글을 유도해야 할지, 글을 제대로 쓰도록 글쓰기 스킬에 집중한 피드백을 줘야 할지 고민했다. 처음엔 맞춤법, 비문, 어색한 표현, 번역체 등을 지적하기 바빴다. 눈에 거슬리는 표현을 알려주지 않고 넘어가기가 힘들었다. 하지만 좋은 방법이 아니라고 판단했다. 그래서 합평 때는 자신을 더 생각할 수 있도록 내용에 집중하고, 작성법과 관련된 내용은 피드백 메모로 대체했다.

내가 글을 쓸 때도 마찬가지다. 우선 어깨에 힘을 빼고 의식의 흐름대로 글을 써나간다. 하고 싶은 말을 털어놓듯이 마구 쏟아 쓴다. 그리고 수차례 퇴고한다. 퇴고하면서 재구성하고, 시간도 재편집한다. 그리고 마지막으로 맞춤법을 확인한다. 낭독하면서 자연스럽게 읽히는지, 전달하려는 바가 제대로 독자에게 전달되는지 확인하는 게 글을 쓰고 다듬는 방법이다. 이제는 큰 그림만 그리면 된다.

김이나 작사가에게서 배우는 글쓰기

얼마 전 김이나 작사가의 북 토크를 다녀왔다. 스테디셀러 반열에 오른 《김이나의 작사법》의 레트로 에디션 발간 기념으로 북 토크를 개최했고 가수 요조가 사회를 봤다. 난 이 책을 읽지도 않았고, 김이나 작사가나 요조도 잘 모른다. 문우 중 한 명이 두 사람을 선망의 대상으로 언급한 적이 있어서 함께 다녀왔다. 내가 알만한 가요 대부분을 김이나 작사가가 작사했다고 한다.

한때 '작사가가 되면 어떨까? 나도 작사하고 싶다'라는 호기심과 꿈이 있었다. 작사도 창작의 영역이니 뭔가 배울 점이 있겠지? 역시나 왕복 두 시간이 넘는 거리의 북 토크에 다녀오길 잘했다. 가수 요조의 차분한 진행과 김이나 작사가의 흥미로운 북 토크 그리고 팬심 가득한 질의응답을 통틀어 작가의 관점에서 성찰을 얻었다.

어떤 분야든 한 분야에서 최고의 자리에 오른 분은 다 그만큼의 이유가 있다. 요행은 없다. 두 시간 동안 김이나 작사가의 이야기를 들으며 생각한 키워드는 "꿈, 루틴, 지속력"이었다. 이 세 가지에 깔린 공통점은 성실이다.

목표가 아닌 꿈 주변에서 맴돌아라

어린 시절부터 우리는 장래 희망을 정하기를 요구받는다. 하지만 그 누구도 쉽게 결정할 수 없는 일이다. 김이나 작사가는 작사가가 꿈이 아니었단다. 음악과 관련된 일 주변을 맴돌다가 우연한 기회에 작사를 시작했다고 한다. 처음부터 작사가를 목표로 삼았다면 불가능한 일이었을 거란다.

어쩌면 우리는 잘 알지도 못하는 지향점을 목표라고 정해두고 옆을 보지도 않고 달려가는 불나방일지도 모른다. 목표 하나만 바라보니 조금만 어긋나도 좌절하고 포기한다. 오히려 꿈이라는 큰 원을 그리고 항상 준비하고 주변을 맴돌다 보면 기회가 올 수 있다. 작가도 마찬가지가 아닐까? 책을 내겠다는 목표 하나만 보고 달리기보다는 글쓰기와 관련된 주변을 맴도는 게 좋겠다. 꾸준히 단련하고 연습하다 보면 어느 날 기회가 오지 않을까?

김이나 작사가는 현실에 발을 두고 꿈을 실현했다. 자신이 하던 일의 연봉보다 작사로 버는 금액이 더 많아질 때까지 퇴사하지 않았다고 한다. 한 번의 변신이 아닌 '그라데이션으로 넘어갔다'라는 표현을 했다. 내가 원하는 일을 찾았다고 (정말 원하는 일인지 사실 알 수도 없다) 당장 하던 일을 그만두기보다는 그 주변에서 경험해보는 거다. 정말 내가 좋아하는 일이고, 잘할 수 있다는 확신이 들 때 옮겨가야 한다. 직장 경험이 그녀의 작사에 소중한 자원이 된다고 했다. 글쓰기도 마찬가지다. 다양한 경험이 글쓰기의 원천이다.

가사는 몸으로 쓴다

이 말을 들었을 때 가사도 '엉덩이의 힘으로 쓰는구나'라고 공감했다. 물론 그런 의미도 어느 정도 있지만, 건강한 육체에 건강한 정신이 나온다는 의미이기도 했다. 나이가 들면 체력도 떨어지기 마련인데 우리는 '감이 떨어졌다'라는 표현으로 얼버무린다. 하지만, 실상은 체력이 떨어져서다. 즉 자기관리의 부족이라는 의미다.

최근 김이나 작사가는 운동으로 다시 궤도에 올라왔다고 했다. '감'이라는 불확실한 표현보다는 '루틴'을 만드는 게 중요하다. 그녀는 작업공간을 따로 둬서 일이 있으나 없으나 그곳에서 시간을 보낸다고 한다. 하루라도 작사를 하지 않으면 손이 굳어진단다. 작가 역시 건강을 잘 유지하면서 자신만의 글쓰기 루틴을 만들어 꾸준히 쓸 때 원하는 결과물이 나온다. 매일 글을 쓰지 않으면 작가의 손 역시 굳어진다.

가수의 이야기를 쓴다

이 부분이 김이나 작사가의 가장 큰 강점이자 지금까지 지속하는 힘이 아닐까 싶다. 그녀는 곡을 써야 할 때면 노래를 부를 가수에 대한 조사를 철저히 한다. 가수 자신의 이야기를 노랫말로 만들어준단다. 그렇게 하면 가수가 노래를 부를 때 더욱더 자연스럽게 감정 이입할 것이고 곡과 가사가 조화를 이룰 것이다. 모든 가사가 김이나 작사가 개인의 이야기라면 누가 그 노래를 들을까? 작가도 마찬가지다. 작가의 이야기가 아닌 독자의 이야기를 끄집어내야 한다. 그래야 독자가 공감하지 않을까?

작사가가 꿈인 어린 친구들이 많단다. 작사가 오디션 같은 등용문도 있고 아카데미도 생겨난다고 한다. 운이 좋아서 혹은 반짝이는 아이디어 덕분에 데뷔는 가능할 것이다. 문제는 지속하는 힘이다. 우리가 김이나 작사가를 대단하게 보는 이유는 수많은 성공작 때문이다. 마찬가지로 작가가 데뷔하기 위한 공모전과 글쓰기 아카데미가 늘어날 것이다.

자가출판이든, 독립출판이든, 운이 좋든, 어떻게든 책은 낼 수 있다. '지속해서 독자가 찾는 책을 내는 것'이 더 중요하다. 비결은 없다. 자신만의 방법을 찾아야 한다.

내 관심사가 작가다 보니 김이나 작사가의 이야기를 작가 관점으로 적용해봤다. 하지만 모든 곳에 적용할 수 있다. 꿈 주변에 머무르고, 루틴을 만들며, 고객 관점에서 지속하는 것. 여러분은 어떤가? 어떻게 적용할 수 있을까?

제3화

공적인 글쓰기

브런치 작가에 도전하기

막연하게 글을 쓰고 싶었다. 나의 버킷리스트 중 하나는 내 이름으로 책을 내고 저자 사인회와 특강을 하는 것이다. 행사장소도 구체적으로 정해두었다. 하지만, 꿈은 꿈일 뿐 늘 이런저런 핑계와 바쁜 일상으로 미루어 두었다. 몇 년 전 이직을 하는 과정에서 2주 정도의 여유가 생겼을 때 브런치 작가에 도전하려고 몇 가지 글을 써보았다.

'일단 브런치로 시작해보면 좋은 기회가 오지 않을까?'

아마 대부분의 브런치 작가의 꿈은 브런치를 통해 소통하고, 궁극적으로는 자신의 책을 내는 바람이 있지 않을까 싶다. 글을 몇 개 써보았지만 만족스럽지도 않았고, 브런치 작가 신청을 하는 것조차 망설여졌다. 나의 경험을 공유한다는 게 부끄럽고 자신도 없었다. 그리고는 5개월을 묵혀두었다. '언젠가는 도전해야지'라며 또 미루었다. 결정적으로 브런지 작가를 도전하게 된 것은 코칭 연습을 통해서다. 코치와 브런치 작가에 도전하겠다고 스스로 약속을 하고, 일단 시작이라도 해보자는 심정으로 부끄러움과 두려움을 무릅쓰고 지원했다. 다행히도 단번에 브런치 작가가 되었다. 그리고는 점점 뻔뻔스러워지기 시작했다. 브런치 작가가 되기 전과 되고 난 후의 변화가 너무 커서 나 자신도 놀라고 있다.

나에게 어떤 변화가 생긴 것인가?

첫째, 브런치 작가로 나는 세상과 더 많이 소통하게 되었다.

물론 난 소통을 많이 하는 사람이고 회사 내에서도 오지랖의 대명사이기도 하다. 늘 회사 내에서 만의 네트워크로는 부족해서 회사 밖 활동도 열심히 한다. 하지만, 브런치로 평소 내가 접해보지 못한 사람들을 알게 되었다.내 생각을 정리하여 글을 올리면 독자들이 반응했다.

강의나 코칭이 다른 사람에게 도움을 줄 방법이라고 생각했는데, 글 또한 다른 사람에게 용기를 주고 도움을 줄 수 있다는 것을 브런치 작가 활동으로 알게 되었다. 특히 브런치는 글마다 통계를 제공하기에 작가에게 더 좋은 글을 쓰도록 동기 부여해주는 플랫폼이다. 다른 작가의 글을 많이 읽어보는 게 글쓰기에 도움이 되었다. 그러다 보니 작가와 소통하고, 작가에게서 새로운 정보도 얻고, 동기부여도 받고, 배움을 얻기도 한다. 혼자만의 생각 정리와 다양한 독자, 작가와의 소통이 에너지 분출구가 되었다.

둘째, 브런치 작가로 영어 공부를 더 열심히 하게 되었고 또 다른 도전을 했다.

영어에 대해서는 한이 맺힐 만큼 이런저런 시도를 많이 하였지만 여전히 진행 중이다. 브런치 작가 초창기에 TED를 영어학습에 주로 활용했다. 특히 그 내용과 발표자의 스토리텔링이 공감되어 배울 점이 많았다. 꾸준히 TED를 들으며 학습하기란 쉽지 않고 우선순위에서 밀리면 멀어진다. 글감을 고민하던 중, 'TED를 소개하는 글을 쓰게 되면, 영어 공부도 하고 내 글도 쓸 수 있지 않을까?'라는 아이디어가 떠올랐다. 그래서 "TED를 통해 보는 세상"이라는 매거진을 발행했다. 글에 반응이 오니 자극이 되어 다른 글보다 열심히 발행했다. 즐기면서 영어 공부한 셈이다. 그 과정에 브런치 메인에 소개도 되어 조회 수가 올라갔다. 신기한 변화에 나는 또 다른 생각을 했다.

'어차피 글을 쓰려고 TED를 몇 번이나 듣고 발표자 영어 스크립트도 열심히 분석하고 조사하는 데 글만 쓰기엔 너무 아깝다. 이왕 다 번역하는 것 그냥 TED 번역가를 지원해보면 어떨까?'

그렇게 나는 또 사고를 쳤다. TED 번역가를 지원했고 이 또한 덜컥 되었다. (알고 보니 누구나 되는 것이다) 아무튼 먼저 번역이 필요한 TED 동영상을 선택하여 내용 전반을 이해하고, 브런치에 글을 발행한 후 자막 번역 작업을 했다. 자막 번역은 나에게 새로운 도전이었다. 시간 싱크까지 고려해야 하는 글자 수의 제한 때문이다. 하지만 즐겁고 흥미진진한 경험이었다. 퇴근하면 밤늦게까지 번역 작업에 매달렸다. TED 번역가 모임도 참여하여 새로운 만남을 즐겼다. 그 경험이 나중에 번역서 내는 데까지 도움이 될 줄 꿈에도 몰랐다.

셋째, 일과 삶의 조화 중 지금은 삶에서 좀 더 기쁨을 얻는다.

일 중독자에서 삶 중독자로 변해가고 있는 나 자신에 놀라고 있는 중이다. 한때 일이 너무 좋아서 퇴근해서도 모든 것을 일과 연결했다. TV를 보아도, 책을 읽어도, 다른 사람과 대화를 나누어도 '어떻게 하면 이런 것들을 내 일에 적용할 수 있을까?'라는 생각으로 가득했다. 평생 느껴보지 못한 일에 대한 열정이라고 해야 할까? 그런 열정을 불태우며 일에서 최고의 전성기를 누리고 있다고 생각했다. 하지만 최근의 브런치 작가 활동으로 나의 모든 생각은 글감으로 연결된다. 대화하던 중에도, 책을 읽는 중에도, 걸으면서 생각을 하는 중에도 온통 머릿속엔 이런 생각으로 가득하다.

아! 이렇게 내 예전 경험과 이런 생각을 연결해서 글로 써야지. 이런 글을 써보면 어떨까?

지금 이 순간 나는 스터디 모임을 위한 과제로 책을 읽어야 하는데 책을 읽던 중 나의 변화에 대해 글을 쓰고 싶다는 마음으로 이렇게 글을 쓰고 있다.

이 뛰는 가슴을 어떻게 달래어야 할까? 내 브런치는 많은 글로 넘친다. 넘쳐나는 에너지와 글감에 대한 아이디어를 글로 남기고 정리하고 싶다. 다작에서 좋은 글이 나올 것이라는 신념으로 더 많은 글을 쓸 것이다. 어쩌면 신출내기 브런치 작가의 겁 없는 도전일 수도 있다. 지금은 일과 삶에서 삶 쪽으로 조금 더 기울었지만, 이 기쁨을 내 일에 적용하여 일도 열심히 할 것을 다짐한다.

TED 번역가가 되다

영어학습으로 시작한 TED 동영상 즐겨보기가 TED를 통해 보는 세상 매거진 발행까지 연결되었다. 그리고 살짝 더 발을 내디뎌 TED 번역가로 자원봉사를 지원, 활동하고 마침내 TED 번역가 모임까지 다녀왔다. 번역가 개인 소개, 번역가와 검토자를 도와주는 LC(Language Coordinator)들의 생생한 경험담과 TED 콘퍼런스 참여 후기, 좀 더 효과적인 번역 작업을 위한 방법 등에 대한 토론으로 진행되었다. 서울뿐 아니라 제주, 거창, 대전, 인천 등 전국 방방곡곡에서 이 모임을 위해 왔다.

나처럼 영어학습이나 번역에 관심이 있어서, 혹은 해당 분야에 관한 관심으로 TED를 보다가 번역을 자원하게 된 사람들도 있지만, 오래 활동하신 분들은 남다른 대의가 있었다. TED를 통해 새로운 아이디어를 얻게 되어 회사에서 인정을 받기도 하고, 우연히 번역하게 된 TED 동영상으로 자살을 생각한 사람의 마음마저 바꾸게 했다는 감동적인 스토리도 있었다. 번역 작업물을 활용하여 시각장애인을 위한 더빙 솔루션을 준비 중인 분도 있었다. TED의 내용이 영감을 주어 그 자체만으로 세상에 큰 힘이 되지만, 영어를 잘 이해하지 못하는 사람들을 위한 단순한 번역 작업이라고만 생각했던 TED 번역은 언어를 번역하는 활동 그 이상이었다.

모두가 TED에 대한 애정이 넘쳤고 TED 번역이 좋고, 재미있고, 즐겁고, 배우는 게 정말 감사하다는 의견으로 가득했다. 중학생부터 중년층에 이르기까지 다양한 이유와 사연으로 번역을 자원했고, 현재도 개인 시간을 할애하여 몇 시간씩 집중해서 번역 작업을 한다. 어떤 번역가는 3년 동안 매일 2~3시간씩 번역과 검토 작업을 하고 있다고 말했다.

더욱더 놀라운 것은 이렇게 헌신적인 사람들이 돈을 받고 번역하는 직업인이 아니라, 생업이 따로 있는 자원봉사자라는 점이다.

TED는 2009년부터 Open Translation Project ("OTP")를 통해 전 세계의 봉사 번역자가 대규모로 협업하여 번역한다. 전문번역가에 의한 번역보다 자원봉사자에 의한 번역이 더 좋은 경우가 있는데 그 이유를 '봉사자의 마음(Soul)'이라고 꼽았다. 언어 자체에 대한 이해도가 높은 전문성도 중요하겠지만, TED 자체가 다양한 콘텐츠로 구성되다 보니 각 콘텐츠에 대한 전문성이 있거나, 애정이나 관심이 있는 사람이 해당 콘텐츠를 번역하는 게 더 자연스럽고 제대로 될 수 있겠다는 생각이 들었다. 집단 지성의 승리라고나 할까?

동기부여의 세 가지 원칙인 대의, 전문성, 자율성 이 세 가지가 모두 조합이 되어 사회 기여의 의도, 내용 전문가 및 영어 전문가로서, 스스로 참여하는 TED 번역가! 세상은 이렇게 보이지 않는 사람들의 노력 때문에 유지되는 게 아닐까 생각했다. 나 역시 영어 공부로 시작했지만, 나의 TED 번역이 혹은 TED 소개 글이 누군가의 삶에 영향을 줄 수도 있다는 사명감과 희망이 샘솟았다.

브런치 작가의 희로애락

아직도 브런치가 아침과 점심 중간에 먹는 간식으로 먹는 식사로만 알고 있는 사람이 제법 있다. 글 쓰는 사람에게 브런치는 카카오에서 운영하는 글쓰기 플랫폼이다. 브런치와 다른 블로그와의 차이점은 작가 신청을 통해 에디터팀의 승인 심사에 합격한 사람만 글을 쓸 수 있다는 점이다. 아무래도 한번 걸러진 작가들이 글을 쓰니 독자 입장에서는 포탈의 블로그와는 다르게 느껴진다. 글을 발행하는 작가 입장에서도 완성도 높은 글을 올리는 경향이 있다.

블로그는 애드포스트라는 광고매체로 조금이나마 작가에게 수익을 보장하지만 브런치는 전무하다. 일 년에 한두 번 시행하는 브런치북 공모에 수상하거나 혹은 운 좋게 출판사에 노출이 되어 작가 제안을 받지 않는 한 희망 고문에 시달리기 일쑤다.

5-6년 전만 해도 브런치 홍보를 위해 구독을 하면 이모티콘을 주는 등 다양한 이벤트를 했다고 한다. 당시 브런치 작

가에 의하면 이벤트로 구독자가 몰려 핸드폰 진동이 멈추지 않을 정도였다니 말이다. 브런치를 빨리 시작한 작가는 현재 만 명 이상의 구독자를 보유하고 있다. 이제 막 시작한 초보 브런치 작가 특히 구독자가 두 자릿수인 작가들이 봤을 때는 달성할 수 없는 숫자처럼 보인다.

하지만 실상은 어떨까? 구독자 1.1만을 보유한 작가의 최신 글을 보면 라이크 5건, 댓글 0, 공유 56건이다. 무슨 의미일까? 직접적으로 작가의 통계를 보지 않았지만, 라이크가 5건인 것을 고려할 때 이 글을 올린 날 조회 수는 아마도 100건 미만일 것이다. 그럼 왜 공유가 56건이나 될까? 이 작가의 경우 페이스북 구독자가 5,000명이 넘기에 높은 공유수가 나온 것이다. 브런치의 맹점 중 하나는 페이스북에 공유된 글에 라이크나 댓글만 달려도 공유수가 올라가는 것이다. 그러므로 구독자 수는 사실상 의미가 없다.

반면 구독자 94명을 보유한 작가의 최신 글은 라이크 8건, 댓글 16, 공유 0건이다. 이 작가는 글 하나에도 정성을 다해 쓰고 독자와 소통한다. 글 조회 수는 위 작가와 별반 차이가 없을 것이다. 이 작가는 왜 구독자가 늘지 않는지, 자신의 글에 문제가 있는 것은 아닌지 늘 고민할 것이다. 통계 페이지를 수시로 조회하고 브런치 알람이 올 때 마다 구독자가 증가한 것은 아닌지 마음을 졸일 게 분명하다. 바로 내가 그랬으니까.

불과 1년 전만 해도 브런치에서는 위클리 매거진을 발행했다. 출간작가이거나 구독자 1,000명 이상을 보유한 브런치 작가만 매주 1회 요일을 정해 브런치 홈페이지에 글을 발행할 수 있었다. 내가 아는 주변 작가들도 위클리 매거진을 발행했기에 나 역시 발행하고 싶었고 부러웠다. 브런치 메인 페이지에 글이 소개되므로 조회 수도 늘고 구독자 수도 느는 선순환 방식의 홍보였으니까. 브런치북을 상시 발행하는 방식으로 시스템이 바뀌면서 위클리 매거진은 역사 속으로 사라졌고 상징적인 구독자 수 1,000명은 의미 없는 숫자가 되었다.

그럼에도 외부에서 기고를 의뢰하거나 출판사에서 원고를 검토할 때 작가의 구독자 수는 무시할 수 없다. 그렇기에 브런치 작가는 구독자 수에 신경 쓸 수밖에 없다. 수천 명의 구독자를 보유하고 있지 않은 한 말이다.

나 역시 구독자 수 때문에 희로애락을 겪었다. 어떻게든 수를 늘려보려고 다양한 글도 써보고, 지인에게도 알리고, 페이스북 페이지까지 운영한다. 일 년에 한번씩 구독자 이벤트도 열었다. 마음처럼 쑥쑥 가입하고 조회 수도 늘어나면 좋으련만 그렇지 않다. 때로는 구독 취소를 하는 사람이 있어 애써 모은 구독자 수가 떨어질 때면 자괴감까지 느껴진다. 어떤 브런치 작가는 가족모임에서 먼 친척까지 동원해 한 명의 구독자라도 더 늘리려고 노력한단다.

브런치에서는 내가 어떤 작가를 구독하고 있는지 아닌지를 잘 보여주지만, 어떤 작가가 나를 아직도 구독하고 있는지 아닌지를 알기가 쉽지 않다. 일일이 해당작가의 브런치를 방문해서 관심작가 리스트에서 내 필명을 찾아봐야만 알 수 있다. 어떤 브런치 작가는 프로그램을 별도로 짜서 상대 작가가 자신의 브런치를 구독하는지 조회한다는 글을 썼다. 기브앤테이크가 치사한 것 같지만 자신만 호구가 될 수 없으니 이해도 간다. 내가 아는 또 다른 브런치 작가는 주기적으로 자신의 관심작가를 둘러보며 자신의 브런치를 구독하고 있는지 일일이 확인한다고 했다.

"구독자 수가 뭐라고"라고 쉽게 말할 수 있겠지만, 그렇지 않다. 구독자 수는 브런치 작가의 자존심이다. 취향에 맞는 작가를 발견하면 가급적 구독하고 라이크를 꾹꾹 눌러주자. 특별한 보상 없는 브런치 작가에게 구독자 수는 희망 그 자체다. 우리는 희망을 바라지만, 상대에게 희망을 주는 작가

이기도 하다.

브런치 작가와 협업하기

우연히 구독하는 작가의 글을 보았다. 성장의 비결을 함께 나눌 작가를 모집한다는 글이었다. 운명처럼 글이 나에게 다가왔다. 스스로 새로운 배움을 얻고, 다른 사람에게 영향을 미치고, 함께 성장해 나가는 게 내 삶의 목적이기에 성장은 늘 내 화두였다. 신청하면 심사를 거쳐 선발되는 줄 알고 긴장했는데 다행히 신청한 7명의 작가 모두 필진이 되었다.

처음에는 각기 다른 직업과 스타일을 가진 작가들이 성장 이야기를 쓰면 되겠구나 정도로 생각했다. 이미 나는 다른 작가들과 또 다른 공동 매거진에 참여하고 있었기에 비슷한 수준으로 생각했다. 그런데 「함께 쓰는 성장의 비결」 매거진은 완전히 달랐다. 어떻게 달랐을까? 그리고 나는 무엇을 배웠을까?

첫째, 처음부터 임하는 마음 자세가 다르면 결과물도 달라진다.

필진을 꾸린 후 서로 의견을 나누기 위해 온라인 미팅을 했다. 7명의 작가가 서로 잘 모르므로 서로 소개도 하고, 어떤 방향으로 글을 쓸지 협의하려고 미팅하는 줄 알았다. 그런데 갑자기 모임을 주최한 작가가 이런 말을 했다.

"우리 이렇게 모인 만큼 각 잡고 써보죠. 처음부터 책을 낸다는 마음을 가지고 매거진을 써보면 어떨까요?"

《성공하는 사람의 일곱 가지 습관》에서 주장하는 '끝을 생각하고 시작하라'라는 습관처럼 우리는 끝을 생각하고 시작했다. 처음부터 책을 내겠다는 목표를 가지고 매거진 발행을 시작했다. 그런 생각을 가지고 글을 쓰는 것과 그렇지 않은 것에는 큰 차이가 있다. 편하게 자기 스타일대로 쓰면 되겠다고 생각했던 작가들은 마음을 다잡았다. 책으로 낼 생각을 하니 글의 내용이 겹쳐도 안되고 제대로 써야겠다는 생각을 했다.

비단 매거진 발행에만 해당되는 게 아니다. 무언가 시작할 때 최종 결과물이 무엇인지, 어떤 결과를 원하는지 생각해 보라. 그러면 임하는 자세와 실천하는 방법부터 달라진다. 책으로만 접했던 중요한 습관을 몸소 체험한 소중한 경험이었다.

둘째, 목표를 정하는 순간, 사람은 목표에 따라 변한다.

목표를 높이 설정하면 불가능할 것처럼 보이지만 충분히

달성할 수 있다는 것을 알게 되었다. 매거진 발행을 시작한 지 일주일이 지난 시점, 연말을 3일 앞두고 갑자기 주최한 작가가 폭탄 선언을 했다.

"우리 연말까지 목표가 구독자 60명에 공유 1,000건입니다."

단체 채팅방에서 언제 그런 목표가 있었냐고 잠시 항의를 했지만, 모두가 한마음으로 목표에 동의했다. 글도 더 정성스럽게 썼다. 실제 연말에 그 보다 높은 숫자로 마감했고 지금은 구독자 446명에 공유 5,448건이다. 놀랍지 않은가?

나도 비슷한 경험을 했다. 크기와 상관없이 목표는 필요하며 그 힘의 위대함을 깨달았다. 2018년 11월 말, 브런치 구독자가 280명을 넘었을 때, 350명이 넘으면 선물을 주는 이벤트를 열었다. 언제까지 350명이 될지 목표는 없었다. 연말이 다가오면서 「함께 쓰는 성장의 비결」 매거진의 목표를 보고 따라 해 봤다. 연말까지 구독자가 350명이 되는 목표를 세웠다.

그런 목표 때문이었을까? 바람 때문이었을까? 목표를 정하는 순간 나도 모르게 목표를 달성하기 위한 다양한 방법을 더 고민했다. 모든 사고와 행동은 목표에 집중했다. 그해 12월 31일 구독자는 목표보다 많은 356명이 되었고 지금은 2년이 지난 지금은 1,600명에 이른다. 목표에는 힘이 있다. 목표가 있고 없음에 따라 그 결과는 확연하게 차이가 난다. 일상에서 작은 목표를 세우고 달성해 나가다 보면 큰 목표를 이루는 주춧돌이 된다.

셋째, 함께하면 더 크게 성장한다.

7명의 작가는 각자의 영역에서 나름대로 성장을 이뤘다. 그런데도 함께 글을 쓰면서 더 큰 성장을 얻었다.

"다른 사람의 성장을 도와주려고 「함께 쓰는 성장의 비결」 매거진을 썼는데 우리가 더 성장했네요."

작가들과 서로 대화를 나누면서 가장 많이 주고받은 말이다. 그렇다. 적어도 나는 그랬다. 6주 동안 매주 한 편의 글을 쓰면서 사전에 피드포워드를 받았다. 다른 작가의 코멘트를 받으며 더 고민했고, 글을 다시 쓰는 과정을 거쳤다. 나 역시 다른 작가에게 코멘트를 줬고, 어떻게 쓰는 게 독자의 공감을 끌어내는 글인지 다른 작가의 글을 읽으며 배웠다. 그 과정에서 한단계 도약했다.

혼자 노력했다면 이런 걸 배울 수 있었을까? 각기 다른 6명 작가의 다양한 시선을 배울 수 있었을까? 함께 했기에 가능했다. 공동의 목표를 가진 사람이 함께 글을 쓰면서 성장했다.

글감을 찾습니다

글쓰기에 막 입문했을 때, 매 순간이 글감으로 넘쳐났다. 빨리 글로 태어나게 해달라고 글감끼리 티격태격 싸웠다. 글을 쓰는 시간은 한정되어 있는데 늘어나는 글감의 속도를 따라 갈 수 없었다. 마음에 끌리는 글감이 먼저 간택된 후, 선택받지 못한 글감은 메모장으로 옮겨갔다. 하루 이틀 지나 저장된 글감은 새롭게 떠오른 글감과 경쟁을 치른 후 장렬히 전사해서 다시 곳간으로 가거나, 승전고를 울리기도 했다. 브런치를 시작하고 발행한 글 수를 세어보니 이틀에 한 편을 썼다. 그야말로 소처럼 일했다. 지금은 글을 주 3회 발행하는 원칙을 정해 실천한다.

최근 곳간에 저장해둔 글감이 거의 바닥났다. 본격적으로 글감을 고민하기 시작했다. 지금까지 글감이 떠오르지 않거나 글쓰기가 어려워 괴로워하는 작가의 벽(Writer's block)을 경험해본 적은 없다. 어쩌면 향후 몇 년 이내에 맞이하지 않을까? 현재로서는 나만의 글감 찾는 방법을 적극적으로 활용하고 있고, 아직까지는 유효하다. 나는 글감을 찾기 위해 현재와 과거를 오가고 또한 주기를 정해 글감을 떠올린다.

첫째, 매 순간 깨어 알아차린다.

작가에게 필요한 스킬 중 하나는 관찰력이다. 같은 상황을 겪으면서 글감을 떠올리는 사람이 있는 반면, 무심히 스쳐 지나가는 사람도 있다. 예를 들어 지하철에서 친구들과 함께 계단을 오르는 게 싫어서 경로자, 장애인용 엘리베이터를 탔다. 텅빈 엘리베이터인줄 알았지만, 그 안에 할머니 한 분이 계셨다. 우리를 주시하는 눈빛에 목이 움츠러들었다. 순간 그 분이 한마디를 건넸다.

"혼자 타기 민망했는데 같이 타서 좋네요."

비록 짧은 에피소드였으나 감동적인 글감이 되었다. 순간적으로 잡지 않으면 글감은 모래처럼 새어나간다.

둘째, 과거의 경험을 떠올려 연결한다.

현재 상황에 과거의 경험을 연결하기도 하고, 아예 과거 경험을 떠올려 글을 쓰기도 한다. 김밥에 관한 글을 써야 하는데 도무지 글감이 떠오르지 않았다. 김밥을 생각하면 수업에 들어가기 전 빠르게 해결해야 하는 저녁 식사가 가장 큰 부분을 차지한다. 하지만 글로 승화하기엔 삭막한 소재다. 곰곰이 생각해보니 첫사랑의 남자친구가 군에 갈 때 며칠을 고민하며 준 선물이 미숙한 김밥이었다. 아직도 잘 말지 못하는 실력과 연결하여 로맨틱한 김밥 글이 탄생했다.

셋째, 주기를 정해 글감을 떠올리는 훈련을 한다.

매주 한 편 '주간 성찰' 매거진을 발행한다. 일주일에 있었던 일 중 의미 있거나 성찰이 일어난 경험 위주로 글을 쓴다. 특별한 사건이 없는 주에도 막상 생각해보면 글감이 떠오른다. 때로는 짧은 단어 한마디가 영감을 주기도 한다. 무조건 쓴다는 루틴을 가지다보니 뇌가 그 방향으로 자동한다. 일상에서 사소한 활동도 그 순간이 글감이 되는지 아닌지 자동으로 검열한다. 최근에는 삼계탕을 끓이면서 고정관념을 벗어나야 한다는 결론에 이르는 글을 쓰기도 했다. 루틴에 따라 생활 속에서 자연스럽게 글감이 만들어진다.

글쓰기 천재가 아닌 이상 글감이 항상 나에게 무턱대고 찾아오지 않는다. 지금 이 순간 깨어 있고, 필요하면 과거의 기억을 되살리기도 해야 한다. 루틴을 정해서 뇌가 자동으로 글감을 물어오도록 명령하라. 여러분은 글감을 어떻게 찾는가? 묘책이라도 있으면 함께 나누어 봄이 어떨까?

글쓰기에도 오답노트가 필요하다

몇 년 전에 처음으로 글쓰기 모임에 참여했다. 매주 과제로 글을 써내고, 합평을 듣고, 첨삭 피드백을 받았다. 문우가 내 글을 읽으며 어떤 부분이 공감되었거나 어떤 부분은 설명이 좀 미흡한 것 같으니 더 자세하게 이야기를 들어보고 싶다고 편하게 말해줘서 즐거웠다. 내가 쓴 글에 대한 첨삭 피드백을 처음으로 받아 보았는데 낯이 뜨거웠다. 칭찬도 있지만, 고쳐야 할 점도 많았다.

'그렇지. 맞는 말이야. 그렇게 쓰지 말아야지.'

생각은 하지만 매번 동일한 잘못된 표현을 사용했기에 첨삭 피드백의 내용은 거의 차이가 없었다. 내가 누구인가? 범생이에 정리의 여왕 아닌가? 바로 오답노트를 만들었다. 매번 같은 사항을 지적받아 작가의 자존심에 더이상 스크래치를 내고 싶진 않았다. 그런 노력에도 불구하고 다양한 수정 사항이 나왔지만 말이다.

비문(문법에 맞지 않는 문장)을 없애려면 김정선 작가의 《내 문장이 그렇게 이상한가요?》나 박태하 작가의《책 쓰자면 맞춤법》을 옆에 끼고 수시로 참고하는 게 좋다. 하지만 내용이 방대하고 일일이 챙겨서 적용하기란 쉽지 않다. 글쓰기도 습관이다. 자신이 주로 저지르는 잘못된 글 습관만 오답노트로 정리하면 퇴고에 도움을 받는다.

작가가 주로 저지르는 잘못된 글 습관을 제시하니, 자신의 글과 비교해 보고 어떤 개선 사항이 필요한지 참고하자. 자신만의 오답노트를 만들어 보자. 정 안되면 포스트잇을 붙여 놓고 조심하는 것도 방법이다.

첫째, 굳이 '나는'이 없어도 될 문장에 '나는', '나의', '내'가 들어가지는 않았는가?

'나는'이라고 문장을 시작하지 않아도 독자는 안다. 굳이 '나는'을 강조하면 독자의 글이 아닌 작가의 글이 되어 공감을 얻기 어렵다. 가급적 문장에서 불필요한 '나는'을 없애자. 나는 포스트잇에 '나는'이라고 써서 붙여 놓는다.

둘째, 만능동사 '하다'를 남용하지는 않았는가?

글을 다 쓴 다음 찾기 기능을 사용해서 '하다'를 검색해보면 깜짝 놀랄 것이다. '하다'로 통하는 문장이 수두룩하다. 과제를 하고, 일을 하고, 싸우고 하다가, 퇴고를 하다 보니, 등 다른 구체적인 동사로 표현할 수 있는 단어에 굳이 '하다

'를 사용한다. 과제를 마치고, 일을 끝내고, 싸우다가, 퇴고를 거쳐로 바꿀 수 있다. 사전의 예문을 참고하여 다양한 동사를 구사하라.

셋째, 추상적인 표현을 사용하지는 않았는가?

추상적인 표현 중 하나가 '잘'이다. '잘'만큼 애매한 게 있을까? "어떻게 쓰면 될까요?"라는 질문에 "잘 쓰세요"라는 대답만큼 추상적인 게 없다. '잘'이라 표현하지 말고 구체적으로 "오답노트를 만들어서 곁에 두고, 퇴고하기 전에 컨트롤+F 키를 눌러 자주 사용하는 불필요한 표현은 없는지 찾아보세요."라고 쓰자. '얼마나', '그런'과 같은 유사 표현에 유의하자.

넷째, 주어와 동사가 불일치하지는 않았는가?

대표적인 비문은 주어와 동사의 불일치하는 문장이다. 우리말은 동사가 끝에 위치하다 보니 길을 잃고 주어와 일치하지 못하는 경우가 종종 있다. 사람이 주어인데 사물에 사용하는 동사를 사용하거나, 사물이 주어인데 사람의 행동을 묘사하기 일쑤다. 주어와 동사를 일치시키거나 자신이 없다면 문장을 간결하게 쓰자.

다섯째, 번역체 표현을 사용하지는 않았는가?

주로 현재 진행형이나 대과거, 수동태 등 영어적인 표현을 사용한다. 일기를 써오고 있다, 일기를 썼었다, 일기의 중요성을 알게 되었다 등의 표현은 일기를 쓴다, 일기를 썼다, 일기의 중요성을 이해한다로 현재형, 과거형, 능동태를 사용하자. 독자가 읽고 이해하기 쉬운 글을 쓰는 노력을 기울이자.

나의 오답노트는 이보다 많은 것을 포함한다. 부끄럽지만 아직까지 습관을 완전히 고치진 못했다. 수시로 들여다보며 반성하고, 노력하면 언젠가 매끄러운 글을 쓸 날이 오지 않을까?

여러분이 자주 저지르는 잘못된 글 표현은 무엇인가?

나는야 댓글 천사

50일 주 1회 글쓰기 모임에 참여했다. 주 1회 글을 올리고, 댓글로 소통하며, 글쓰기를 응원하는 모임이었다. 예의상 블로그 회원에게는 이웃 신청을, 브런치 회원에게는 구독 신청을 했다. 당연히 회원의 글에 라이크와 댓글을 달았다. 마음 약한 나는 모든 회원의 글에 동일한 법칙을 적용했다. 당시 회원이 30여 명이었는데 구독, 라이크, 댓글을 달다 보면 매일 최소 한 시간은 소요되었다. 일일이 읽어보고, 고민해서 댓글을 달았다.

댓글을 다는데 투자한 만큼 내 브런치 회원이 늘고, 내 글에 라이크와 댓글이 달렸을까? 절대 그렇지 않았다. 암묵적인 모임의 약속이지만 100% 지키는 사람은 드물었다. 댓글 다는 사람만 달았다. 내가 30개의 다른 사람 글에 댓글을 달면 내 글에는 서너 개만 달렸다. 그래서 나는 포기했을까? 아니다. 50일 동안 열심히 달았다. 그 이후로도 계속 참여했으니 250일 이상은 꾸준히 다른 사람의 글을 읽은 셈이다. 혹시 누락된 글이 있었다면 나의 의도가 아니니 너그러이

용서해 주길. 굳이 댓글은 안 달아도 주기적으로 내가 구독하는 브런치 작가의 글을 읽고 라이크한다.

최근 108일 글쓰기 모임에 참여했다. 나의 결벽증은 또 시작되었다. 나는 왜 미친 듯이 글을 읽고 댓글을 모두 다는 걸까? 한 사람이라도 소외시키고 싶지 않은 마음 때문이다. 누구는 댓글을 달아주고 누구는 달아주지 않는 불공정한 행동을 하고 싶지 않았다. 그런 이유로 시작한 댓글 달기, 어떤 결과가 있을까?

내용을 파악해야 댓글을 달 수 있으니 설렁설렁 읽을 순 없다. 모든 회원이 글을 다 올리는 것은 아니지만 제법 많은 글을 읽었다. 나도 모르게 다양한 사람의 생각과 글 쓰는 스타일을 알 수 있었다. 때로는 읽은 글에서 글감을 떠올리기도 했고, 영감을 얻어 내 글을 쓸 수 있었다. 담고 싶은 표현은 마음속에 새기고, 어색한 표현은 조심하리라 다짐했다. 내 글을 쓰면서 글 실력도 늘었지만, 다른 사람 글을 읽어 사고가 확장되었다.

글쓰기 모임에서 나처럼 댓글 천사가 되어보는 건 어떨까? 댓글 천사까지는 아니더라도 내 글에만 집중하지 말고 다른 사람의 글에 관심을 가져보자. 다른 사람의 어휘 선택, 편집

방법, 글의 전개와 구조를 배울 좋은 기회다. 다른 사람의 글을 읽고, 자신의 감정을 댓글로 표현할수록 글쓰기 실력은 쑥쑥 자란다.

"글쓰기 강좌 카페에 올라온 학인들 글에 댓글을 일삼아 단다. 댓글 없는 쓸쓸함을 지나지지 못한다. 대개의 반복적인 행위가 깨우침을 주듯, 댓글 달기도 그랬다. 어떤 글을 읽고 느낌이나 생각을 짧게 표현하는 일이 그 자체로 감응 훈련이 되는 것은 아닐까 댓글 달기가 감응 근육 형성, 순발력 향상에 일조하더라는 임상 결과를 얻었다.

글쓰기를 배우는 학인에게 당부한다. 과제하기는 기본이고 후기 쓰기와 댓글 달기가 '의외로' 중요하다고, 형식을 갖춘 과제 글이든 자유롭게 쓴 후기 글이든 짧은 댓글이든 마찬가지 원리다. 어떤 대상과 교감하고 그 감정을 활자로 표현한다는 점은 같다. 한 문장이라도 갖고 놀다 보면 글쓰기가 즐거워질 수 있다.

-《쓰기의 말들》 중에서"

여러분도 이제부터 댓글을 다는 습관을 만들어 보라. 어느 순간 성장한 자신의 모습을 발견할 것이다.

효과적인 퇴고 팁 세 가지

글쓰기에서 퇴고가 중요하다고 하는데, 도대체 어떻게 구체적으로 퇴고하라는 말인가? 무작정 읽고 또 읽고, 고민만 하면 되는 것일까? 물론 자꾸 읽으면서 고치고, 다른 표현은 없을지 고민할수록 완성도 높은 글로 마무리된다. 보다 효과적으로 퇴고할 방법은 없을까, 고민하다 내가 찾은 퇴고 팁 세 가지를 소개한다.

첫째, 낭독

눈으로 읽을 때와 소리 내어 읽을 때 글의 느낌은 완전히 다르다. 본인이 쓴 글은 어떻게 전개될지 알기에 눈으로 읽으면 어색한 부분도 자연스럽게 넘어간다. 머리가 눈보다 빠르다. 하지만 독자는 다르다. 독자는 작가의 글을 처음 보기에 눈으로 읽을 때 주춤하는 부분을 느낀다. 이런 어색한 부분을 찾는 데 도움이 되는 것이 낭독이다. 본인의 글을 소리 내어 읽다 보면 분명 고치고 싶은 문장을 발견할 것이다.

"내가 직접 글을 쓰기 시작했을 때, 나는 나의 글도 몇 편

한나에게 읽어주었다. 나는 내가 손으로 직접 쓴 원고를 다른 사람에게 불러주어 타자로 치게 하여 그것을 다시 한 번 수정한 후 이젠 제대로 마무리가 되었다는 느낌이 들 때까지 기다렸다. 소리를 내서 읽어보면, 그때의 느낌이 맞았는지 틀렸는지 알 수 있었다. 만약에 그 느낌이 잘못된 것이라면, 나는 모든 것을 다시 한 번 수정하여 먼젓번에 한 녹음을 지우고 그 위에다 새롭게 녹음할 수 있었다.

《책 읽어주는 남자》 중에서"

예전에 글쓰기 모임에서 과제를 낭독했는데 시간이 부족해서 각자 글을 녹음해서 올렸다. 녹음 파일을 확인하면서 깜짝 놀랐다. 분명히 제대로 읽었다고 생각했는데 쓴 글과 읽은 말이 달랐다. 녹음한 파일을 들으며 내가 말하는 것과 글로 쓴 것이 어떻게 다른지, 어떻게 고치는 게 좋을지 판단해서 수정했다. 여러 차례 녹음하고 들으며 수정하다 보면 어느덧 깔끔한 글로 새롭게 태어났다. 물론 모든 글을 이렇게 정성스럽게 퇴고할 순 없을 것이다. 다른 퇴고 팁을 더 알아보자.

둘째, 매체 활용

같은 글도 어떤 매체로 보는지에 따라 느낌이 다르다. 노트북 화면에서 보던 글을 핸드폰으로 보면 새로운 글로 다가온다. 한 줄에 들어가는 글자 수에 차이가 있다 보니 단락의 느낌도 새롭다. 글을 읽는 호흡도 달라진다. 그 차이로 모호한 부분을 찾거나 생각지도 못했던 더 좋은 표현을 떠올리기도 한다. 요즘은 핸드폰으로 글을 쓰는 작가도 많으니 반대로도 적용해보자.

나는 글을 소리 내어 읽고 고친 후, 핸드폰을 들고 침대로 간다. 느긋한 마음으로 누워서 글을 감상한다. 핸드폰으로 읽다 보면 글이 고쳐달라고 아우성을 치는 바람에 여유를 즐길 시간도 없다. 휴식은 잠시, 벌떡 일어나 노트북으로 향한다.

셋째, 묵히기

글을 쓰는 날의 감정과 시간이 지나 읽는 날의 감정은 다르다. 글을 쓴 당일에 발행하지 않는 것을 원칙으로 삼는다. 적어도 하루 밤은 지나서 발행한다. 다음날 읽으면 보다 독자에 가까운 마음으로 다가선다.

"작품을 써내고 난 뒤에는 일단 눈앞에서 치우고 일주일이나 열흘쯤 묵힌 채 흥분을 가라앉힌 다음 다시 꺼내보라는 것이다. 즉 자신의 작품을 객관적으로 볼 수 있는 눈이 생길 때까지는 시간을 벌어야 한다는 것이다.

《가슴으로 쓰고 손끝으로도 써라》 중에서"

나는 이러한 나만의 퇴고 원칙에 따라 최소 한 번 소리 내어 읽고, 노트북으로 쓴 글을 핸드폰으로 보고 고친다. 그리고 발행일까지 묵힌다. 발행일 전에 다시 한 번 보면서 최종 퇴고를 거친다. 이 글 역시 최소 이 세가지 과정을 거쳐 탄생했다.

여러분만의 퇴고 팁은 무엇인가?

꾸준하게 글쓰는 법

"어떻게 하면 작가가 될 수 있나요?"

"꾸준히 글을 발행하면 언젠가 기회가 옵니다. 꾸준하게 쓰십시오."

졸꾸가 대세다. 인기 유튜버가 되든, 파워 블로거가 되든 지름길은 단 하나, 졸꾸밖에 없다. 하지만 꾸준하게 뭔가를 실행하는 데 도움이 되는 팁이 있지 않을까? 글쓰기도 마찬가지다. 꾸준하게 쓰다 보면 길이 있다지만 무작정 꾸준히 지속하기란 쉽지 않을 테다. 꾸준하게 글쓰는 방법에 앞서 왜 글을 쓰는지 먼저 생각해보자. 글쓰는 목적이 분명하면, 그 목적을 이루기 위한 방법이나 내용은 따라오기 마련이다.

여러분은 왜 글을 쓰는가? 어떻게 꾸준하게 쓸까를 고민하기에 앞서 왜 자신이 글을 쓰는지 고민해보라. 조지 오웰은 《나는 왜 쓰는가》에서 생계 때문인 경우를 제외하고 글을 쓰는 동기는 순전한 이기심, 미학적 열정, 역사적 충동, 정치적 목적의 네 가지라고 말한다. 은유 작가는 《글쓰기의 최전선》에서 중심 잡기, 풀어내기, 물러앉기, 지켜내기, 발명하기, 감응하기, 함께하기 위해서 글을 쓴다고 고백한다. 《강원국의 글쓰기》의 강원국 작가는 글 쓰는 사람은 태생이 '관종'이며 보여주기 위해 쓴다고 주장한다. 나는 내면을 정리하고 공유하여, 사람들에게 인정받고, 내 이름을 널리 알리고자 글을 쓴다. 여러분은 왜 글을 쓰는지 이참에 정의해보자.

글을 왜 쓰는지 명확하게 정의가 되었다면 이제 방법을 알아보자. 글쓰는 목적을 달성하기 위해 꾸준히 쓰는 방법에는 세 가지가 있다.

첫째, 스스로 꾸준히 쓴다.

스스로 꾸준히 쓰기는 쉽지 않다. 하지만 나만의 원칙을 만들어 지키려고 노력하면 꾸준하게 글을 쓸 수 있다. 나는 주중에 2번, 주말에 1번 총 일주일에 세 편을 글을 쓴다. 요일별로 주제를 정해서 원칙을 지킨다. 예를 들면, 매주 화요일은 글쓰기 과제 글을 고쳐 쓰고 매주 목요일에는 '나를 찾아가는 글쓰기' 모임 후기를 쓴다. 주말에는 토요일이나 일요일 중 하루에, 일주일 동안 느낀 성찰을 일기로 쓴다. 원칙을 정하는 순간 과제 글, 글쓰기 모임 후기, 주간 성찰이라는 프레임이 머릿속에 정해진다. 매 순간 글감은 알아서 해당하는 프레임에 안착한다. 나는 해당 일자 프레임에 담긴 글감을 끄집어내어 글로 표현하다.

둘째, 함께 쓴다.

혼자 원칙을 지키며 글을 쓰는 게 외롭다고 느껴지면 다른 작가와 함께 쓰면 된다. 브런치에서 자유롭게 매거진을 발행하는 것도 좋지만, 책을 내겠다는 목표를 정하고 원칙에 따라 다른 작가와 함께 쓸 수도 있다. '함께 쓰는 성장의 비결' 매거진을 공동으로 발행하면서 글 발행하는 시간 및 요일별 담당자를 정했다. 글 발행 이틀 전까지 초고를 트렐로 협업 툴에 올려서 사전에 리뷰를 받는 피드 포워드 방식을 취했다. 개인별로 요일을 담당하고, 초고까지 올려야 하니 꾸준히 쓸 수밖에 없다. 덕분에 우리는 공저 책 출간 계약을 완료했다.

셋째, 전문가를 활용하여 쓴다.

모든 것을 혼자서 다 하려는 것은 어리석은 방법이다. 주변의 전문가를 활용하면 시간과 노력을 줄일 수 있다. 나는 총 40주가 넘는 글쓰기 수업에 참여했다. 매주 글쓰기 과제를 내야 하기에 최소 일주일에 한 편 이상의 글을 쓴다. 과제이기 때문에 억지로 의무감에 쓰는 게 아니라, 과제를 활용하여 내 글을 제대로 쓴다. 과제로 제출하는 글은 문우에게 평가와 피드백을 받아 계속 퇴고하고, 완성된 글을 브런치에 발행한다. 충분히 과제로 연습하고 피드백 받아 수정한 글을 매주 올리니 꾸준하게 글을 쓰게 된다.

목적도 정했고, 방법도 알았다. 그럼 무엇을 써야 할까? 오감을 자극하는 감성적인 글을 써야 할까? 새로운 정보를 제공하는 이성적인 글을 써야 할까? 모두가 공감하고 위로를 얻는 시를 써야 할까? 글쓰기 수업에 참여로 얻는 혜택 중 하나는 내가 원하지 않는 주제의 글을 쓰는 것이다. 과제가 아니라면 평생 내 스타일대로 글을 쓸 것이다. 과제 때문에 원하지 않는 소재로도 글을 쓰기도 하고, 수필이 아닌 시나 소설을 쓰기도 한다. 주제에 맞게 글을 쓰려다 보니 내가 잘하는 방식의 글로 유도해 가기도 한다. 과제 글을 쓰면서 나에게 맞는, 내가 잘하는 글쓰기 방식을 알았다. 바로 경험에 기초한 글쓰기다. 직접 경험이든 간접 경험이든 경험하지 않은 상황을 쓰기가 어렵다. 어떤 주제도 내 경험과 연결하면 자연스럽게 쓸 수 있다. 여러분의 글쓰기 강점은 무엇인가?

나는 내면을 정리하고 공유하여, 사람들에게 인정받고, 내 이름을 널리 알리고자 글을 쓴다. 그래서 주 3회 나만의 원칙을 정해서 글을 쓰고, 함께 쓰거나, 글쓰기 수업 과제로 꾸준히 글을 쓴다. 과제를 제출하면서 경험에 기초한 글을 잘 쓴다는 사실을 알았다. 이제는 꾸준하게 쓸 일만 남았다. 바로 지금 독자 여러분과 함께.

제4화

글쓰기 수업 운영이야기

글쓰기 수업을 운영하다

나는 교육 프로그램 개발자이자 강사다. 둘 다 좋아서 하나만 고르라면 고민에 빠진다. 교육 프로그램 개발을 할 때면 학습자가 즐거워할 모습을 생각하면서 과정을 개발한다. 상상하면서 나름대로 만들어나가는 창작의 순간이 즐겁다.

'이 지점에 이런 내용을 넣으면 학습에 도움이 되겠지?'

'이런 걸 넣어주면 연결이 자연스럽겠지?'

'이런 방식의 액티비티를 하면 재미도 있으면서 의미 전달이 가능하겠지?'

강사로서 즐거운 것은 학습의 순간을 현장에서 느낄 수 있기 때문이다. 상상했던 것이 정말 그런지, 아니면 어떤 게 부족한지 즉각적으로 알 수 있다. 무대에 서는 것을 좋아하는 관종이어서 강사가 적성에 맞다. 그래서 둘 중의 하나만 선택하기가 어렵다

취미로 시작한 글쓰기가 마냥 좋다. 내 마음을 드러내고, 정리하고, 다른 사람과 공유하여, 공감받는 게 좋다. 일종의

관종이다. 글쓰기 세상에서 잘 쓰고 싶고, 책도 내고 싶어서, 글쓰기 수업을 여러 차례 들었다. 아직 출간 작가는 아니니 여전히 갈 길이 멀다고 생각했다.

그러던 어느 날 스승님이 베이직 과정을 나눠서 해보자고 제안했다. 일에서 강의 경험은 많지만, 글쓰기 수업을 진행할 거라고는 상상해 못 적이 없었다. 처음에는 믿어지지 않아서 여러 번 확인했다.

"과연 제가 해도 될까요? 전 출간 작가도 아닌데요?"

"제가 글쓰기 지도를 할 수 있을까요? 제 글도 잘 못 쓰는데요?"

스승님은 나에게 충분히 자격이 있다고 본인이 잘 할 수 있는 방법을 고민해보라고 했다. 생각해보니 나는 자기 이해 전문가였다. 일기를 오래 동안 쓰고 읽어서, 글쓰기로 나를 발견했다. 자신을 탐색하려는 노력을 그 누구보다 많이 해서 커리어 전환도 했고, 직업진로설계 수업도 했고, 커리어 특강도 했다. 각종 성격유형 자격증도 있으며 강의도 제법 했다. 코칭자격도 있고 코칭도 오랜 시간 했다. 누가 뭐래도 퍼실리테이션은 자신있었다.

내가 잘할 수 있는 영역의 커리큘럼을 짰다. 직업진로설계 수업에서 사용했던 수업 교안을 이용해서 '나를 찾아가는 글쓰기' 8주 과정으로 정리했다. 교육 프로그램을 개발하는 것처럼 신났다. 참여자가 즐거워할 모습을 생각하면서 과정을 만들었다. 내가 읽었던 책을 주제에 맞게 구성하여 참고도서로 소개했다.

과정 안내문을 만들어 2019년 3월에 공지했다.

'설마 개설이 될까?'

'과연 신청하는 사람이 있을까?'

반신반의했다. 3명 이하로 신청하면 폐강하고 최대 7명까지 받기로 했는데 다행히 5명이나 신청했다. 한 분은 나중에 일정 관계상 취소해서 결국 4명으로 수업을 확정했다. 믿어지지 않았다.

'그래 해보는 거다. 나는 글 쓰는 스킬을 가르쳐주는 사람이 아니다. 참여자들이 해당 주제에 맞게 글을 쓰면서 자신을 찾도록 도움을 주는 퍼실리테이터다. 분명 글쓰기는 성찰의 힘이 있으니까, 이런 활동을 하면 자신을 찾을 수 있다. 함께 쓰고, 의견을 나누면서, 배울 점이 있으니까 참여자는 반드시 원하는 바를 이룰 것이다.'

이왕 시작하는 것 잘하고 싶었다. 철저하게 준비해서 믿고 수업을 신청한 분들에게 감동을 주고 싶었다. 카카오톡 단

톡방, 라인 대화방, 라인 대화 녹음법, 카페 관리법을 익히고 테스트까지 완료했다. 평소 내가 학습자 입장인 경우, 강사가 미리 알려주고, 설명하고, 공유하는 게 좋았다. 그래서 역지사지로 그렇게 준비하여, 미리 어떤 일이 벌어질지 알려주고, 설명하고, 최대한 공유하려 했다.

신청자 접수 마감 1주일 후 수업을 시작하는 것으로 안내했지만, 1주일 만에 글 쓰는 게 어려울 것 같아 2주 전에 모든 세팅을 끝내고, 글쓰기 준비와 첫 수업 과제 방법을 메일로 알렸다.

• 1주 차는 안내해 드린 대로 "나의 행복한 순간"을 글로 작성하는 것입니다.

• 글을 쓰기 일주일 전부터 혹은 지금부터라도 행복을 느끼는 순간이 있다면 메모를 해보세요.

• 기록한 메모를 보면서 기록에 근거하여 글을 작성합니다.

수업에 적극적으로 임하고, 정해진 기한 내에 과제를 올리도록 참여 현황판을 만들고, 모두가 확인할 수 있게 구글 독스로 공유했다. 점수를 매겨 1등한 분에게 책 선물을 했다.

마음 같아서는 모두에게 첫 수업 참여 기념으로 선물을 주고 싶었다. 이제 모든 준비를 끝내고 나의 첫 수업은 시작했다.

강사나 교육담당을 직업으로 선택한 이유는 부족하지만 다른 사람에게 도움을 주고 싶어서다. 내 삶의 의미는 '나 스스로 새로운 배움을 얻고 다른 사람에게 영향을 미쳐 함께 성장하는 것'이다. 나는 회사에 있는 구성원들이 자신의 일을 잘하도록 지원한다. 교육, 코칭, 정보 공유, 커뮤니케이션, 시스템 등의 다양한 개입으로 그들이 자기 일을 사랑하고, 동기부여 되고, 회사에 기여할 수 있도록 지원한다. 결국 그들이 회사에서 성장하도록 돕는다.

글쓰기 역시 같은 이유로 시작했다. 사람과의 만남으로 많이 배웠지만, 독서로도 많이 성장했다. 책에서 도움받았듯이 다른 사람에게 책으로 돌려주고 싶다. 경험한 인생을 나눠서 독자가 간접적으로 경험하고 성장하는 데 도움을 주고 싶다. 일상에서 발견한 작은 기쁨과 깨달음을 글로 공유하여 그들도 무언가 느끼게 하고 싶다.

글쓰기 수업은 글쓰기와 강의를 함께 하는 의미 있는 일이다. 참여자에게 내가 좋아하는 글쓰기의 길로 안내하고,

스스로 자신을 찾아가도록 도움을 주고, 합평과 공유로 깨달음을 제공한다. 일과 삶의 통합이 아닌가? 좋아하는 삶을 일의 스킬로 누리니 말이다.

글쓰기 수업을 진행하는 진짜 이유

'재능이 없는 내가 감히 어떻게 작가가 될 수 있을까?'라는 소심한 생각을 불과 2년 전에 했다. 운 좋게 브런치 작가가 되면서 점점 뻔뻔스러워지고 관종으로 커밍아웃했다. 그 결과 '나를 찾아가는 글쓰기(나찾글)'라는 수업까지 개설했고 60여 명의 문우가 수업을 들었다. 10주 온라인 글쓰기 수업으로 현재 9기 수업을 진행 중이다.

한 기수가 끝나고 다음 기수를 모집할 때면 머릿속이 복잡하다. 모집 공지를 했으나 처음부터 신청자가 몰리지 않기도 하고, (물론 매 기수 최대 인원으로 마감을 했지만) 마감일이 되기 전까지는 알 수 없는 최종 참여 인원에 신경이 쓰였다. '인원 미달로 개설되지 않으면 어쩌지?'라는 걱정도 있지만 가장 대답하기 어려운 질문은 '나는 왜 글쓰기 수업을 진행하는가?'다.

이왕 시작한 것이니까? 안될 때까지 해보려고? 나는 끝을 보는 사람이니까?

상당 부분 맞는 말이다. 난 한번 시작하면 끝을 보는 사람이다. 중간에 포기하는 것을 누구보다 싫어하는 고약한 성질을 가졌다. 자존심이 세기도 하고 성격이 무던하기 때문이기도 하다. 무엇이든 질리지 않는 사람이다 보니 오래도록 지속하는 것이 자연스럽기도 하다.

돈을 벌려고? 부수입으로 과연 짭짭할까?

대부분 글쓰기 수업은 수입을 목적으로 운영하지 않을 것이라 믿는다. 글쓰기가 좋고 함께 성장하고 싶어서 수업을 진행하지 않을까 싶다. 실제 나찾글의 경우 최대 인원 8명이 참여한다고 해도 각종 안내, 준비 등으로 2시간, 과제 리뷰 및 피드백 작성으로 매주 3시간 반, 매주 수업 참여로 2시간, 10주 동안 총 50시간이상 소요되니 시간당 만 원의 수입이다. 최저임금 수준이다. 돈을 벌기 위한 목적은 절대 아닌 것으로.

글을 더 잘 쓰려고?

물론 그런 의도도 있다. 분명히 시각이 달라진다. 뭔가를 제대로 알려면 그 분야를 가르쳐보면 잘할 수 있기 때문이다. 실제 글을 잘 쓰고 싶은 욕심에 나찾글 수업을 시작했다. 수업을 진행하면서 많은 글을 깊게 읽고, 다양한 사람들의 글을 접했기에 분명 도움은 되었을 것이다. 피드백을 주면서 늘 나를 성찰하므로 알게 모르게 도움을 받았다.

내가 글쓰기 수업을 진행하는 진짜 이유는?

글쓰기 수업은 말하기, 듣기, 읽기, 쓰기 모든 영역을 아우르는 언어 종합예술의 결정판이다. 난 예술 감독으로서 글쓰기로 나를 찾으려는 사람에게 방향을 제시한다. 수업을 진행하면서 말로 문우에게 격려와 위로를 전하고, 희망과 감사의 말을 듣는다. 나 역시 문우가 쓴 글을 곱씹어 읽으며 뭉클해진다. 이 모든 경험이 글감으로 다가와 내 글은 완성된다.

내가 문우에게 도움을 주는 점도 있지만, 나 자신도 문우로부터 다양한 캐릭터, 글 스타일 그리고 그들의 삶을 배운다. '나 스스로 새로운 배움을 얻고 다른 사람에게 영향을 미쳐 함께 성장하는 것' 바로 내가 존재하는 이유가 아니던가? 글이 이데아라는 완전한 세계라면 글쓰기 수업은 오감과 사유로 이데아를 찾아 나서는 삶의 현장이다. 그 현장에서 숨 쉬는 나를 느끼기 위해 글쓰기 수업을 진행한다.

매 기수를 진행하면서 개선이 노력을 기울인다. 새로운 시도를 계획하고, 적용하고, 부족한 점을 보충해 나가는 것 그 조차도 크게 보면 성장 메커니즘이다. 삶의 재미이자 내가 살아가는 이유다.

독립출판을 경험하다

솔직히 《나를 찾아가는 글쓰기》를 내 첫 책으로 인정하고 싶지 않다. 내 책 《아이 키우며 일하는 엄마로 산다는 건》은 2020년 상반기에 출간을 목적으로 출판사와 교정작업 중에 있었다. 《부모 트랜스포메이션_일,육아,삶의 조화(가제)》로 2019년에 계약했고 멋진 제목을 고민하던 중이었다.

주변 작가 중 일부는 내가 번역서도 냈고, 기획출판한 책도 곧 나오는데 왜 굳이 독립출판을 하느냐고 반대했다. 한편으로는 경험삼아 직접 책을 내어보는 것도 좋다고 말한 분도 있었다. 내가 아이 심정을 이해할 것 같았다. 하지 말라면 더 하고 싶고, 내가 경험해 보지 않고는 포기하고 싶지 않은 마음이랄까? 한 번쯤은 내 나름대로 기획하고 편집해서 책을 내고 싶었다.

특히나 나를 찾아가는 글쓰기 수업을 진행하면서 매뉴얼을 만들고 싶은 욕심이 생겼다. 수업에 참여하는 분도 웹페이지로 가이드받을 수 있지만 종이책을 선호하는 분도 있다.

일정이 맞지 않거나, 혼자서 조용히 나를 찾아가는 글을 써 보고 싶은 사람도 있을 거라 생각했다. 그런 분들을 위해 참고서를 드리고 싶었다. 더 많은 분이 글쓰기로 자신을 찾아가길 바라는 마음이었다.

내 글만 올리면 심심하니 4기까지 참여한 문우들의 글을 가급적 많이 올리려 애썼다. 총 11분께 12편의 원고를 받았다. 개별적으로 설문을 보내서 원고 제공에 동의하는지, 어떤 방식의 편집을 원하는지, 자신이 어떻게 소개되길 원하는지 조사를 했다. 그런 과정 중에 귀인이 나타났다. 신기하게도 난 인복이 타고 났나 보다. 나에게 도움의 손을 내미는 분이 늘 있으니까.

부크크사이트를 통해 독립출판을 주문 제작 방식으로 쉽게 할 수 있지만 문제는 표지다. 무료로 표지가 제공되지만 추천하고 싶지 않다. 난 처음이기도 하고 가볍게 만들 의도였으니 당연히 무료 표지를 선택하려고 했다. 이때 나타난 천사, 강현주님이 나에게 표지를 직접 만들어 보고 싶다고 제안을 했다. 나를 찾아가는 글쓰기 3기 문우이자 이번에 대학교를 졸업한 미래가 창창한 청춘이다. 얼마나 감사했는지.

사실 큰 기대는 하지 않았다. 포토샵 1급 자격증 정도만 있고 표지작업 경험도 없다고 했으니까. 그런데 얼마나 꼼꼼하게 자기 일처럼 작업을 하는지 깜짝 놀랐다. 당당하게 "디자인: 강현주"라는 문구도 책날개와 판권 페이지에 올라갔다. 제가 강현주님 글을 선택하지 않았다면 이런 행운도 없었겠지? 실제 책을 손에 쥐고 보니 표지가 책을 살렸다. 글이 소개되지 않은 회원 일부도 표지 후기란에 넣어 소개하는 센스까지 발휘했다.

여러 차례 메일과 카톡을 주고받으며 표지와 내용을 업그레이드했다. 그리고 두둥 종이책 ISBN 신청을 완료했다. 그러다 보니 이왕 독립출판 경험하는 거 내친 김에 전자책도 독립출판 해보자는 마음이 들었다. 클라우드 상에서 EPUB 파일을 편집할 수 있는 무료 툴을 제공하고 유통까지 제공하는 사이트가 있다고 지인에게 소개받았다. 바로 유페이퍼를 방문하여 매뉴얼을 참고해서 EPUB 파일을 만들었다. 스크리브너(scrivener) 라이센스가 있어서 스크리브너로 편집이 가능하지만 아무래도 책으로 완성하기엔 포털을 이용하는게 편할 것 같았다. 유통까지 알아서 해주니 더할 나위 없다.

이미 제작된 표지도 있고, 책 콘텐츠도 있으니 EPUB 파일 만들기는 어렵지 않았다. 전자책은 유통사 등록도 빨랐다. 역시 종이보다는 전자가 더 빠르다. 그렇게 종이책과 전자책 출판을 동시에 경험했다. 한번 해 보니 그리 어렵지도 않고 할 만했다. 한 번도 시도하지 않으신 분은 경험해보면 좋겠다. 작가로서 글만 쓰는 게 아니라 자신의 책에 대해 기획, 표지, 목차, 소개 글, 홍보까지 전체 과정을 다 거쳐보는 거다. 그러면 다음 책 기획에도 도움이 된다. 난 바로 다음 책 기획에 들어갔다. 바로 이 책 직장인의 글쓰기에 관한 책이다.

사람으로 글쓰기를 배우다

나를 찾아가는 글쓰기(나찾글) 모임을 8기째 진행하고 현재 9기를 모집 중이다. 강사인 내가 진행을 잘해서 참여자가 만족을 표현하고, 다른 사람도 추천해 줄까? 처음에는 그런 줄 알았다. 슬프게도 진실은 그게 아니었다. 왜, 무슨 이유로, 사람들은 나찾글 같은 글쓰기 모임에 참여하는 걸까?

매주 1회 글을 쓰려면 훈련이 필요하다.

이미 글쓰기가 습관으로 자리 잡고, 글감이 넘치는 사람에게는 쉬운 일이지만, 처음 글쓰기를 시작하는 사람이 일주일에 한 번 글을 쓰는 것은 어렵다. 신기하게도 혼자 하라면 못할 일도 함께하는 사람이 있으면 힘이 난다. 고통을 나눌 수 있어서 그런 것일까? 마감의 압박이 모두에게 부과되다 보니 함께 마감을 지키려고 노력한다. 혼자 마감을 어기면 다른 사람에게 누가 되니 그 또한 글쓰기에 도움이 된다.

합평 피드백으로 글쓰기를 배운다.

글쓰기 수업을 진행하는 은유 작가나 김은경 작가 모두 합평의 중요성을 강조하고 실제 수업에 활용한다. 합평을 하면, 다양한 독자의 관점을 얻을 수 있다. 글쓰기 강사가 주는 피드백은 한 명의 의견이지만, 함께 글을 쓰는 문우들의 피드백은 제각각이다. 글을 읽는 독자는 한 명이 아니므로 가급적 많은 사람의 반응을 확인하고 고쳐 쓰는 게 도움이 된다.

수업에서 자신의 글에 대해 합평을 받기도 하지만, 다른 사람 글을 평해야 한다.

한 번 읽어서는 글에 의견을 제시하기 어렵다. 때로는 이전 글을 읽어서 어떤 변화가 있었는지까지 말해줄 필요도 있다. 예를 들면 "지금까지의 글은 부정적이었는데, 이번 글은 긍정의 단어들이 많아서 더 공감되었다."라는 식으로 평을 주기 때문이다. 특히 모두가 같은 주제로 글을 썼기에, 어떤 고민을 하고 글을 썼는지 이해하기가 수월하다. 또한 평을 하다 보면 말 실력도 늘고, 자연스럽게 글 실력으로 연결된다. 말과 글은 분리할 수 없다.

글쓰기를 배우는 과정은 작가 혼자 만의 고독한 싸움 같다. 하지만 다른 사람과 함께 쓰며, 합평을 듣고, 다른 사람 글을 읽으며 이루어진다. 즉, 사람을 통해 배운다.

당신은 글을 쓰기 위해 누구를 만나는가?

선생님의 선생님이 되다

처음 만나는 사람에게 늘 듣는 질문이 있다.

"혹시 선생님이세요?"

"직업이 선생님이시죠?"

지금이야 기업에서 교육을 담당하니 일종의 선생님이다. 하지만 사회 초년생 때는 전혀 다른 직무를 했는데 선생님 같다는 이야기를 많이 들었다. 내 인상이 선생님처럼 온화해 보이거나 혹은 범생이 같은 느낌이어서일까? 어쩌면 내 운명이 얼굴에 드러나서 사람들이 제 미래를 예측한 것일 수도 있겠다.

아무튼 난 선생님이 좋다. 선생님이 되고 싶다. 대학생이나 성인을 대상으로 강단에 설 때 행복하다. 한 때 시간 강사를 하면서 교수님이라는 말도 듣고, 직원 대상이나 성인을 대상으로 강의도 하니 꿈을 이루었다. 그런 삶을 누리면서 나는 미결의 과제를 품었다.

'그래 강의하는 건 좋아. 그런데 나는 어떤 내용을 전달하는 강사가 되어야 할까?'

물론 교육학 전공자이니 교육학으로 강의할 수 있다. 하지만 난 학계에 있지 않으니 자격 미달이라 생각한다. 대학에서 전임 교수를 한다면 모를까 산업 강사로서 실용적인 강의를 하고 싶다. 직장생활에서 경험한 리더십, 커뮤니케이션, 퍼실리테이션, 프레젠테이션 등 여러 분야가 있다. "그래, 거기서 뭐? 네 전공 분야가 뭔데?"라고 묻는다면 딱히 내세울 게 없다. 다들 비슷비슷하고 나만의 경험과 개성을 살릴 분야를 선택하기가 어려웠다. 결정적으로 마음이 동하지 않았다. 배우자를 선택하면서 '이 사람이다'라는 느낌을 갖기 어려운 것처럼 '이 분야다'라고 선택하기 어려웠다.

강렬한 물줄기로 다가온 '글쓰기'가 내 삶을 송두리째 바꾸었다. 취미로 가볍게 시작한 글쓰기가 그토록 결정하지 못한 강의 분야로 접목되는 순간 퍼즐의 마지막 한 조각이 맞추어졌다. '나를 찾아가는 글쓰기'로 시작해서, 마인드맵을 활용한 글쓰기 특강을 진행하면서 '강의 분야는 글쓰기로 해야겠다'라고 결심했다. 다른 강의 분야에서는 이미 경험도 많고, 가끔 제안이 와도 거절하지만, 글쓰기 강의 제안은 무조건 수락한다는 원칙을 세웠다. 잘하고 싶고, 재미있고, 경험을 쌓아 전문적으로 성장하고 싶기 때문이다.

결심 때문이었을까? 기다렸다는 듯이 일이 척척 진행된다. 글쓰기 강의를 제안받기도 하고, 내가 적극적으로 제안하기도 한다. 오프라인 글쓰기 특강도 기획 중이다. 번역서가 출간되면 더 많은 기회가 있을 거라 생각하니 이미 가슴이 벅차오른다.

이번 주 그렇게 내가 많이 질문받던 직업인 '선생님'을 대상으로 글쓰기 강의를 했다. 영광스러운 자리였다. 열심히 귀 기울이고 눈 맞추는 선생님들 덕분에 힘이 났다. 크게 책쓰기와 글쓰기 도구를 소개했는데, 중요한 것은 도구가 아니라 '글감과 글쓰기'이고 도구는 시간 절약과 생산성에 필요한 것이라 강조했다. 그래서 공적인 공간에 글을 쓰고, 독서도 많이 하고, 온라인 글쓰기 수업도 들으라고 알려줬다.

도구 중심의 글쓰기 특강이었는데 결국 도구는 수단일 뿐, 글쓰기 자체에 관한 강의를 했다. 다른 도서관에서 진행할 '나도 쓸 수 있다'라는 글쓰기 특강 내용을 거의 다루었다. 다음 강의도 잘 진행할 거라는 확신이 생겼고, 이 내용으로 오프라인 특강을 진행하고 싶다는 생각도 했다. 누구나 작가가 되는 시대, 주저하는 사람에게 도움의 손길을 내밀고 싶다.

강의가 끝나고 주관하는 장학사께서 주제에 딱 맞게 강의를 만들고 제공해서 고맙다고 말씀했다. 내가 좋아서 그런다고 말했더니, "강사가 전달하는 내용은 대체로 비슷한데, 정말로 좋아서 강의하는 모습이 긍정적인 열정과 에너지로 전달되어 인상적이었다"는 피드백을 주셨다. 장학사도 내 강의를 듣고 글쓰기가 하고 싶어졌다고 말씀하셨다. 작은 행동의 변화를 끌어내는 것, 그게 강사로서의 보람이 아닐까? 덕분에 가슴 뛰는 한 주가 되었다.

글쓰기로 꿈을 이루다

11년 전 나는 안개 속을 헤맸다. 야심 차게 커리어를 바꾸고 대학원도 다니기 시작했지만, 현실은 나를 가만히 놓아주지 않았다. 새롭게 바꾼 교육 담당이라는 경력이 기존 프로그래머 경력에 비해 초라하기만한 시절, 나는 직장을 그만두었다. 다시 돌아가기도, 새로운 경력을 이어가기도 애매했다. 아예 직장인의 삶을 내리고 프리랜서의 삶을 꾸려야 하는 건 아닌지 의구심마저 들었다. 그 순간 고민했던 직업이 '번역작가'였다.

독서와 일기 쓰기, 영어 학습에 시간을 꾸준히 투자했기에 번역작가를 하면 어떨지 궁금했다. 사회 초년생부터 번역 아르바이트를 했고, 일기로 생각을 표현해 왔기에 글쓰기에는 막연한 자신감이 있었다. 번역 아카데미를 다녀야 할지, 독학으로 번역 스터디를 할지 다양한 방법을 모색했다. 딱 한 가지 걸리는 점이 있다면 '과연 나는 번역을 좋아하는가?'라는 질문의 답이었다. 좋아하는 것도 수준이 있다. 그냥 막연히 좋아하는 것, 죽고 못 살도록 좋아하는 것, 눈만 감아도 하고 싶어 미칠 것 같은 등. 죽고 못 살 정도로 번역을 하고 싶지는 않아서 망설여졌다. 한쪽 발은 번역작가에 담그고, 다른 한쪽 발은 취업준비에 담그는 선택을 했다. 결국 재취업에 성공하면서 번역작가는 내 사전에서 사라졌다.

11년이 지난 지금 나는 번역작가가 되었다. 왜? 무슨 일이 있었던 걸까?

나에게 그냥 막연히 좋아하는 것, 죽고 못 살도록 좋아하는 것, 눈만 감아도 하고 싶어 미칠 것 같은 일이 생겼다. '과연 나는 이것을 좋아하는가?'라는 질문에 확신할 수 있다. 바로 글쓰기다. 2018년 3월, 브런치 작가가 되면서 내 인생은 송두리째 바뀌었다.

브런치 작가가 되기 전에는 일기나 블로그를 썼고, 나름 출판사 투고까지 시도했다. '내 이름으로 된 책 한 권을 내고야 말겠다'는 막연한 꿈만 있었지 본격적인 활동이나 노력을 기울이지 않았다. 브런치 작가가 된 이후로 글감은 끊임없이 나를 글쓰기로 내몰았다. 브런치를 시작하고 지금까지 이틀에 한 번꼴로 글을 발행했다. 글을 잘 쓰든 못 쓰든 적어도 나는 꾸준히 글을 쓰는 작가임에는 분명하다.

어떤 분야에서나 학습의 정점은 다른 사람을 가르치는데

있다. 내가 주로 활용하는 학습방식 중 하나다. 영어를 잘하고 싶어서 영어 강사를 한다거나, 통계를 마스터 하고 싶어서 통계 강의를 했다. 글쓰기를 잘하고 싶어서 나를 찾아가는 글쓰기 수업이나 각종 글쓰기 특강을 진행했다.

글감 중 한 꼭지로 뺄 수 없는 게 영어다. 전 세계 사람들의 소중한 경험과 영감을 전하는 TED로 영어학습을 했다. 꾸준히 TED를 들으며 영어 공부도 하고 글도 쓰겠다는 생각으로 TED를 통해 보는 세상이라는 매거진을 브런치에 발행했다. 매거진 발행을 위해 TED 컨텐츠를 쏙쏙들이 파악하게 되자 아예 TED번역가를 지원하여 한때는 글쓰기보다 TED 번역에 더 많은 시간을 쏟았다. 자막 번역이지만, 충분히 번역 경험을 갖추는 계기가 되었다.

어느새 나는 꾸준히 글을 쓰면서, 글쓰기 강의도 하고, 번역도 경험한 작가가 되었다. 지인의 소개로 번역작가의 기회가 왔을 때, 필요한 요건을 갖춘 사람이 되어 있었다. 무엇보다 나를 사랑하며 내 일을 열심히 한 결과이기도 하다.

꿈을 꾸기는 쉽지만 이루기란 쉽지 않다. 철저하게 계획을 세우고, 목표를 향해 달려보지만 좌절하기 일쑤다. 과연 그런 꿈을 꿀 자격이 있는지조차 의심스럽다. 꿈과 관련된 주변의 작은 것들을 하나씩 성취하며, 차곡차곡 쌓다 보면 꿈에 근접한 자신을 발견할 수 있다. 이미 여러분도 무의식적 혹은 의식적으로 그 길을 밟아나가고 있을 것이다. 나 역시 그랬다. 번역작가의 꿈을, 작가의 꿈을 창대하게 세우지 않았고 조금씩 성장해 나갔다. 번역작가로 시작했지만 내 책을 출간했다. 나는 지금껏 글쓰기로 성장했고, 계속 성장할 것이다.

여러분은 어떤 성장을 꿈꾸는가?

번역작가로 데뷔하게 된 이야기

싱가포르 출장 중 지인에게서 연락을 받았다. 아마존 교육 분야 1위인 《Positive Discipline for today's busy parent》 책을 번역할 수 있는 그야말로 바쁜 직장인 학부모를 찾는데, 내가 가장 먼저 떠올랐단다. 기회는 이렇게 운명처럼 오는 걸까?

나는 '독서, 글쓰기, 영어'라는 세 꼭지를 늘 가슴에 품고 산다. 매일 15분 독서를 실천하며 년 50권의 책을 읽고, 서평을 쓴다. 10년 전에는 '번역작가를 해보면 어떨까?'라는 호기심에 번역작가 커뮤니티에 가입하고, 스터디까지 했다. 직장 일과 육아를 병행하면서 개인의 꿈은 잊고 살다가, 2년 전 브런치 작가가 되면서 초보 작가의 여정을 시작했다. 글쓰기 수업에 참여하고, 브런치에 글을 발행하면서, 안정적인 궤도에 올랐다. 국내에 있는 외국계 기업 중 영어를 가장 많이 사용하고, 영어로 글쓰기를 강조하는 회사에 다닌다. 영어가 업무에도 중요해서 손을 놓지 않고 꾸준히 학습하고 영어 동호회 회장까지 역임하고 있다.

번역은 이 세 가지를 아우르는 완벽한 방법 같았다. 일단 원서를 충분히 읽어야 하고, 원저자가 전달하려는 메시지를 글쓰기로 풀어내야 하니까. 책의 영어 문장을 거의 다 외울 거라는 허황된 욕심은 안비밀이다. 어떤 내용의 책인지 궁금한 마음에 원서를 정독했다. 내가 잘 모르는 분야이거나, 나와 생각이 다른 저자의 책은 번역하고 싶지 않았다. 책을 읽으며 많은 부분 공감했고, 반성도 하며, 새롭게 배웠다. 일하는 부모가 꼭 읽어야 할 책이라는 확신이 들었다. 젊은 사람에게만 자기계발서가 필요한 게 아니라 부모에게도 가이드가 필요하니까. 여러 곳에 밑줄을 그으며 읽은 책의 번역작가가 된다는 게 신기했다.

책에 나오는 다양한 사례는 내가 두 아이를 키우며 겪은 경험 그 자체다. 일과 삶의 통합은 내가 평소에 주장하고 실천하는 메시지다. 실수는 학습의 기회고, 부모가 아이의 롤 모델이 된다는 내용 역시 내 인생 철학이다. 반면 이 책에서 강조하는 친절하면서 단호한, 권위 있는 양육 방식은 발휘하지 못했다. 나는 친절하기만 했지 단호한 훈육 면에서는 부족한 엄마다.

원저자 세 명 모두 교육자고 코치다. 나 역시 교육학을 전공했고 기업에서 교육과 코칭을 제공한다. 책에 나오는 이론적인 내용은 누구보다 자신 있게 말할 수 있는 전공 분야다. 일, 육아, 개인의 삶도 마찬가지다. 때로는 아이의 삶보다 내 삶이 더 중요하다고 생각하는, 누구보다 치열하게 일하는 모진 엄마이기도 하다. 적어도 아이에게는 사회인으로서 충분한 롤모델이면서도 마음 약한, 사랑이 넘치는 엄마이자 친구다. 글쓰기 취미에 푹 빠져 개인의 삶을 즐기는 중이니 이 책에서 권하는 삶을 누린다고 자부할 수 있다.

제작년 본격적인 번역작업을 하며 예상보다 많은 시간을 투자했다. 번역은 제2의 창작이라는 것을 간과했다. 저자의 의중을 제대로 파악하면서 독자가 이해하기 쉽게 쓰려니 고민이 깊었다. 직장을 다니며, 성인이 된 아이와 남편은 여전히 챙기고, 개인적인 삶도 누리는 상황에서 번역했다. 번역은 글쓰기와 달리 인내를 요하는 작업이었다.

바쁜 일정은 모두 끝났다. 평일 저녁과 주말마다 엉덩이의 힘으로 버틴 시간이 그립기까지 하다. 그리고 중요한 한 가지. 책을 번역하면서 깨달음을 얻었다. 나는 성장 과정에서 칭찬을 갈구했는데 격려가 부족했다는 사실을 알았다. 나 역시 아이들을 충분하게 격려하지 못했다. 이미 다 컸지만 여전히 아이들은 격려가 필요하다. 친구처럼 대화를 나누며 어떻게 격려할 수 있을지 함께 해결책을 찾아 나가려 한다.

작가의 꿈 다큐멘터리 주인공이 되다

작가, 드림

IT가 발달하여 디지털 시대로 접어든 우리 사회 속에서 '글쓰기'도 그에 발맞춰 모습이 변화하고 있다. 과거 등단을 해야만 '작가'가 되었던 시대에서, 자유롭게 글을 쓰고 독자들과 소통하는 새로운 '작가'가 탄생하는 시대가 온 것이다. 굳이 정식 작가가 아니더라도, 우리는 글을 통해 사람들과 실시간으로 소통할 수 있게 되었고, 이제는 우리 모두 '작가'가 될 수 있다.

5개월 전에 아는 작가로부터 연락을 받았다. 동아방송예술대 학생들이 작가를 대상으로 다큐멘터리를 제작하는 데 내가 참여하기 원하는지 물었다. 본인이 하고는 싶지만 방송으로 나갈 가능성이 있어서 어려울 것 같다고 말이다. 나야 뭐 이미 관종으로 커밍아웃을 한 사람이니, 좋다고 소개해 달라고 했다. 신기하게도 운명은 다른 사람에게 갔다가도 찾아오더라. 책 번역도 그렇고, 이번 다큐멘터리 제작도 그렇고 내가 직접적으로 아는 사람에게서 연락을 받기보다는 소개로 소개로 결국 나에게 왔다. 너무나 감사하다.

이틀 후 동아방송예술대 학생에게서 메일이 왔다. 이런저런 질문을 주고받은 후 서로 다큐멘터리를 제작하는 데 합의했다. 나를 주인공으로 영상을 만들어 준다는데 마다할 이유가 뭐가 있을까? 감사할 따름이다. 방영이 안 되더라도 내가 주인공인 동영상이 추억으로 남을 테니까. 정 안되면 유튜브에라도 올리겠다 다짐했다.

혹시라도 나쁜 의도로 접근하는 게 아닐까 싶어 먼저 학생증부터 확인했다. 서로 메일과 카톡으로 대화를 나누다가 일정을 협의해서 만나기로 했다. 네 명의 학생과 동네 카페에서 내 이야기를 신나게 나누는 사전 인터뷰를 했다. 브런치를 언제부터 시작했고, 왜 하게 되었는지 뿐 아니라 내 인생 전반에 관한 여러 이야기를 주고받으면서 나 역시도 많은 생각을 했다. '나는 왜 쓰는지, 나는 무엇을 위해 글쓰기 수업을 하는 걸까?' 덕분에 나를 다시 돌아보는 시간을 가졌다.

학생들은 역할을 나누어 대본도 쓰고, 연출도 하고, 장소 섭외 및 동선 파악도 했다. 난 카페에서 인터뷰만 하면 제작에 문제가 없을 거라 생각했는데 집에서 생활하는 자연스러운 모습도 찍어야 한다고 해서 고민되었다. 일단 집이 지저분하고 사생활이 노출될까 봐 걱정되었다. 하지만 집에서의 촬영은 피해갈 수 없을 것 같았다. 간만에 대청소를 했다.

이후 주말 내내 집에서 찍고, 카페에서도 촬영했다. 카페에서 촬영하는데 옆에 계신 손님이 흘깃흘깃 나를 쳐다봤다. 연예인도 아닌 것 같은 외모의 사람을 두시간 가까이 촬영하니 이상타 생각했겠다. 난 '연예인 코스프레'를 즐겼다. 그렇게 촬영한 게 1분도 안 되는 영상으로 남은 것은 아쉽지만... 학생들이 미리 섭외한 지하철과 마트에서도 열심히 찍었다. 마트에서 장 보는 모습이 편집되어 버렸지만.

주변 사람들과 만나는 모습도 필요하다고 해서 몇 가지 시도를 했다.. 우선 내가 주기적으로 나가는 도서관 독서 토론 모임에 문의했다. 하지만 회원들이 얼굴 나오는 것을 반대해서 실패했다. 나 같은 관종이 있는 반면 노출을 극도로 싫어하는 사람도 있다는 것을 알게 되었다. 다행히 공대생의 심야서재 오프모임이 있어서 회원들의 동의 하에 촬영했다. '나를 찾아가는 글쓰기' 회원이 제법 참여해서 순조롭게 촬영할 수 있었다. 역시나 2시간 동안 찍고 1분도 안 나왔지만.

13분 동안 방영된 영상은 총 4장으로 구성되었다. 1장 '계획된 우연'에서는 일기를 써온 나의 모습과 글쓰기라는 수호천사를 알게 된 이야기를 나눈다. 2장 '일과삶'에서는 브런치 소개와 브런치 작가에 도전하게 된 사연을 다루고 3장 '매일 쓰다 보니 작가'에서는 공대생의 심야서재님 인터뷰와 내 브런치 매거진 및 버킷리스트를 소개한다. 4장 '나를 찾아가는 글쓰기'에서는 토요일 저녁에 실제 수업하는 모습과 4기 회원 라임님 인터뷰를 들려준다. 글쓰기 수업이 그룹코칭이니 나는 일과 삶이 통합된 삶을 누리고 있다고 마무리하며 마친다.

누구나 작가가 되는 시대, 작가를 꿈꾸는 사람에게 희망을 주고 싶었다. 그 지향점으로 우리는 함께 다큐멘터리를 제작했다. 학생들은 이 영상을 마무리할 문장을 만들어 달라는 부탁을 받아 이렇게 써보았다.

"두려워하지 말고 여러분의 꿈에 손을 내밀어 부세요. 평생 따라다니며 선택을 기다리는 여러분의 수호천사, 꿈에게"

꼭 당신의 책을 내라

번역서를 냈기에 꼭 내 책을 못 내더라도 대리 만족했다고 여겼다. 그러나 절대 그렇지 않다. 책이 잘 나가서 중쇄까지 간다면야 더할 나위 없겠지만. 그건 작가의 의지와는 거리가 먼 듯하다. 이번에 책을 내고 알게 된 작가만이 누리는 특별한 혜택을 알리고 싶다. 바로 내 책에 독자들이 쓴 서평을 읽는 경험이다. 그러므로 포기하지 말아야 한다. 꼭 자신의 책을 내라.

디지털 시대의 글쓰기는 독자와 소통이 핵심이다. 물론 브런치, 카페, 블로그 글은 라이크와 댓글로 충분히 소통한다. 하지만 한 권의 책을 세상에 내어 평가받는 기분은 물가에 아이를 혼자 두고 온 엄마의 마음 같다. 서평을 열 때마다 가슴이 콩닥거렸다.

'혹시 내 책을 비난하면 어떡하지? 공감되지 않는다고 불평하면 어떡하지? 어떤 평가를 했을까?'

검색 엔진에서 매일 새로운 서평이 올라올 때마다 설레는 마음으로 읽었다. 인터넷상에 발견한 서평이 30편 정도 되는데 읽다 보니 공통점을 알 수 있었다. 일부 차이가 있지만 독자들이 공감하는 포인트는 비슷했다. 객관적으로 살펴보고 싶은 욕심이 생겼다. 개인적으로 내가 궁금했고, 아직 《아이 키우며 일하는 엄마로 산다는 건》를 읽지 않은 독자에게도 도움이 되지 않을까 하는 마음으로 서평을 분석했다. 이런 소소한 재미 역시 내 책을 냈기에 가능하지 않을까?

| 독자의 느낌 TOP3 |

책은 아주 친절하다. 읽다 보면 문체만큼이나 작가님이 굉장히 따듯하고 긍정적이신 분이라는 게 느껴질 정도로, 작가님 본인의 성향이 고스란히 느껴지는 듯한 책이다. 일을 하며 육아를 경험하시고 있는 분들은, '그래그래, 괜찮아!' 하는 듯한 위로에 순간순간 울컥하실지도 모르겠다. - 티스토리 블로거 Vivre sa vie님

독자의 서평에서 가장 많이 나오는 단어가 위로다. 사실 내 책이 아이 키우며 일하는 엄마에게 위로가 될 거라고 기대하지도 의도하지도 않았다. 정답이 없는 곳에 내 경험을 공유하여 조금이나마 실마리를 주고 싶었다. 그게 독자에게 위로로 다가갔다니 오히려 내가 감사했다. 일과 육아 사이

에서 치열하게 고민하는 젊은 엄마가 아닌, 이미 다 경험한 엄마의 입장에서, 한 발짝 물러서서 조언하니 위로가 되었을지도 모르겠다.

자신의 일에 대한 애정과 열정, 일과 삶의 조화, 자신의 일을 한 단계 지속적으로 발전시키기 위한 끊임없는 노력 등에 대한 이야기들이 매우 구체적으로 나와 있어서 더욱 몰입할 수 있었다. - YES24 리뷰 Erin님

얼핏 보기엔 육아서 같지만 사실 일에 대한 내용이 많다. 책이 육아 코너에 진열되어서 아쉽기도 했다. 책이 나오기 전 교정을 보며, 나조차도 반성했다. 내가 일을 사랑하는 사람이었다는 것을 깨닫고 다시 초심으로 돌아가서 일에 더 몰입하기도 했다. 일과 삶의 조화가 일도 잘하고 삶도 알차게 꾸리는 것이며, 서로 영향을 준다고 책에서 언급했다. 육아도 마찬가지다. 신체적으로 건강한 아이로 키울 뿐 아니라 정신적으로도 충만한 아이로 키우기 위해서 부모도 끊임없이 배워야 한다. 자신의 일과 미래에 대한 고민, 삶의 만족이 충족되어야 그 선한 영향이 아이에게 가기 때문이다.

오랜 직장생활과 함께 아이를 양육하신 분의 이야기를 읽을 수 있어서 참 좋았다. 작가님의 따뜻함을 배우고, 꼼꼼함을 배우고 본받고 싶은 마음이 올라왔다. 아이를 키우는 면

에서도 스트레스받지 않으며 내 일 또한 잘 해내고 나를 개발시키겠다는 의지도 불끈 생겼다. - 네이버 블로거 하늘빛님

시중에 나온 육아서와 가장 큰 차별점을 여기에 두고 싶었다. 육아서를 낸 저자 중 현재까지 직장에 다니며 일하는 부모는 거의 없다. 시간이 비교적 자유로운 대학교수이거나 유명 강사, 혹은 프리랜서가 대부분이다. 직장인 부모로 치열하게 살았기에 노하우와 실수를 공유하여 도움을 주고 싶었다. 그래서 시간 관리가 한 장을 차지했다. 평소 에너지와 열정이 넘치는 내 모습이 고스란히 글에 녹아 들어갔고, 독자도 그 부분을 제법 언급했다. 독자의 도전을 북돋우고 동기도 부여하고 싶었다. 그게 내 일이자 삶이니까.

| 독자가 가장 많이 인용한 문구 TOP3 |

아이가 어릴 때는 무게 중심을 살짝 아이 쪽으로 옮기되 자신을 지켜 나가는 거죠. 아이가 성장해 나가면 그제야 무게 중심을 자신에게 가져오는 겁니다. 살짝 지켜오던 자신에게 무게 중심을 싣고 이제는 아이를 지켜보는 거죠. - 2장 『개인의 삶과 육아 중 어떤 것을 먼저 해야 할까요?』 중에서

(p77)

이과 출신이라 그럴까? 나는 무게 중심이라는 단어가 좋았다. 아이가 자라는 것은 정말 금방이기에 그 시간만큼은 집중해서 온 정성을 쏟고, 시간이 지나면 그 관심을 내 일과 삶에 돌리라는 의미다. 아래에서 지배 가치 이야기가 나오는데 내 지배 가치 3번이 여기에 해당한다. 이 역시 제법 인용되었다.

3. 일보다 자기계발이, 자기계발보다 아이들이 우선이다. 단, 기간이 제한된 경우에는 우선순위가 바뀔 수 있다.

내가 한참 아이를 키울 때 적용했던 지배 가치다. 당시는 정말 아이들이 최우선순위였으니까. 이제 성인이 되어버린 아이의 순위는 살짝 뒤로 밀렸다.

지배 가치를 정하려면 '내 인생에서 제일 우선에 두어야 하는 것은 무엇인가? 가장 소중하게 여기는 것은 어떤 것인가?'라는 질문에 대답할 수 있어야 합니다. 지배 가치는 우선순위가 가장 높은 것이지만 이상과 현실에는 간극이 생기기 마련이지요. 속으로는 우선순위가 높다고 생각했지만, 실제 상황에서 다르게 행동하는 자신을 발견할 수 있어요. 이

때는 지배 가치를 수정하거나 행동을 개선해 나갑니다. 그러면 마음의 평화를 경험할 수 있어요. - 2장 『인생 관리를 도와주는 시간 관리 법칙은 없나요?』 중에서 (p69)

책에서도 언급했지만 지배 가치는 하이럼 스미스의 《성공하는 시간 관리와 인생 관리를 위한 10가지 자연법칙》에서 나온 개념이다. 오래전에 나온 책이어서일까? 독자들이 매우 흥미로워했고 반겼다. 내 지배 가치 11가지를 공개하고 예시도 제공해서 더욱더 쉽게 다가갔을 것이다. 자신만의 지배 가치를 서평에 포함한 독자도 있었고 만들겠다고 다짐하기도 했다.

개인적인 일을 통해 정신적으로 행복하지만, 육체적인 피로로 인해 제 일에 지장을 받고 싶지는 않습니다. 일 역시 행복하게 처리하고 싶기 때문입니다. 저에게는 일과 삶 모두가 중요합니다. 일도 잘하고 싶고 제 삶도 알차게 꾸리고 싶어요. 이게 바로 일과 삶의 조화가 아닐까요? - 6장 『일과 삶의 조화』 중에서 (p247)

일과 삶의 조화는 이 책을 관통하는 주제다. 제목에 워크라이프 하모니를 포함하는 것도 고려했다. 일, 삶, 육아 각각에 함몰되지 말고 전체적으로 통합과 조화를 이루자고 말하고 싶었다. 시기에 따라 무게 중심이 있되 유기적으로 이 세 가지가 서로 윈윈할 수 있는 방법을 찾아보자.